CARAMBAIA

ilimitada

Fernando Pessoa

**Contos completos
fábulas & crônicas decorativas**

Organização, prefácio e notas
ZETHO CUNHA GONÇALVES

7 Prefácio: O indisciplinador
 da banalidade quotidiana

. . .

Contos completos & crônicas decorativas
27 Crônica decorativa I
32 Crônica decorativa II
37 A rosa de seda (fábula)
38 O banqueiro anarquista
76 Um grande português *ou*
 A origem do conto do vigário
79 O automóvel ia desaparecendo
82 A varina e a lógica

Fábulas para as nações jovens
85 O segredo de Roma
86 O Saraiva *ou* O Saraiva e as meninas
89 Eu, o doutor
90 O burro e as duas margens
92 O Soares e o Pereira
94 O cristão e o católico

Contos seletos de O. Henry
(traduzidos do original inglês por Fernando Pessoa)
97 A teoria e o cão
110 Os caminhos que tomamos
117 A decisão de Georgia

Drama estático
135 O marinheiro: drama estático em um quadro

▪ ▪ ▪

154 Nota à edição
157 Origem dos textos

Prefácio: O indisciplinador da banalidade quotidiana
ZETHO CUNHA GONÇALVES

Fernando Pessoa, o mais avassalador de quantos polígrafos o século XX deu à literatura portuguesa, não é *só* o lendário e muito justamente celebrado — quando não mesmo venerado — poeta dos heterônimos.

Para além de poder ser considerado um propalador de escândalos literários e sociais nos princípios do século passado (o que lhe proporcionou uma *fama* em tudo alheia à sua própria obra), Fernando Pessoa, paralelamente à sua produção de teorizador, que, sobre todos os temas e motivos, nunca deixou de manter, também se dedicou à literatura de ficção: do conto à novela e ao "drama estático", passando pelo "memorialismo semi-verdadeiro e semi-fingido"[1], de que *O livro do desassossego* (do qual publicara alguns fragmentos em vida), assinado pelo semi-heterônimo Bernardo Soares, constitui um exemplo emblemático.

Tendo deixado inédita uma soma de textos e fragmentos ainda hoje não quantificada nem catalogada na

1 *Obra em prosa de Fernando Pessoa. Ficção e teatro: O banqueiro anarquista, Novelas policiárias, O marinheiro e outros*, introduções, organização e notas de António Quadros, Mem Martins, Publicações Europa-América, 2ª ed., vol. 5, 1986, p. 13.

sua totalidade, destinada aos mais variados projetos, ortônimos ou heterônimos, quer de poesia, quer de prosa, onde não faltaram sequer alguns esboços para "novelas policiárias", ou textos verdadeiramente iconoclastas sobre a ditadura de Salazar e o milagre de Nossa Senhora de Fátima, Fernando Pessoa dispersou em vida, por jornais e revistas, um conjunto de ficções narrativas ortônimas, do gênero conto, e algumas traduções do mesmo gênero literário, para além do seu admirável "drama estático" — "O marinheiro". São esses textos — todos eles acabados, revistos e dados à estampa pelo seu autor ou tradutor — que enformam este livro, *Contos completos, fábulas & crônicas decorativas*, onde pela primeira vez se juntam, e assim, em volume, se dão a público, acrescentados de três inéditos e de uma sequência de mais seis narrativas completas (sendo inédita uma delas) que Pessoa intitulou de "Fábulas para as nações jovens".

Humor, inteligência, absurdo e ironia são as marcas que melhor caracterizam todos estes *Contos completos, fábulas & crônicas decorativas*. E, por falar em ironia, atente-se no modo como o próprio Pessoa, no seu célebre ensaio *O provincianismo português*, a teoriza e define:

> Por ironia entende-se, não o dizer piadas, como se crê nos cafés e nas redações, mas o dizer uma coisa para dizer o contrário. A essência da ironia consiste em não se poder descobrir o segundo sentido do texto por nenhuma palavra dele, deduzindo-se porém esse segundo sentido do fato de ser impossível dever o texto dizer aquilo que diz.[2]

2 Fernando Pessoa, *Páginas de doutrina estética*, seleção, prefácio e notas de Jorge de Sena, Lisboa, Editorial Inquérito, 1946, p. 183.

Ou como, num outro texto, referindo-se à problemática da inteligência (um dos centros nevrálgicos das suas preocupações), ele confessa, com uma lucidez impiedosa, terrível, porém tão contraditória com certos pressupostos seus, como o do *fingimento*, que

> [o] emprego excessivo e absorvente da inteligência, o abuso da sinceridade, o escrúpulo da justiça, a preocupação da análise, que nada aceita como se pudesse ser o que se mostra, são qualidades que poderão um dia tornar-me notável; privam, porém, de toda espécie de elegância, porque não permitem nenhuma ilusão de felicidade.[3]

Fatal será, a quem estas palavras assina — e sendo como é, um ser dotado de uma rara e prodigiosa inteligência —, que transforme o humor e a ironia que postula numa forma extrema de sobrevivência e resguardo ao cotidiano medonho e quase medievo do seu tempo, já que a "arte suprema tem por fim libertar — erguer a alma acima de tudo quanto é estreito, acima dos instintos, das preocupações morais ou imorais"[4].

*

Dividido em quatro partes que acabam por se interligar e complementar umas às outras — "Contos completos & crônicas decorativas", "Fábulas para as nações jovens", "Contos seletos de O. Henry traduzidos do original inglês por Fernando Pessoa" e "Drama estático" —, este

3 *Ibidem*, pp. 112-113.
4 *Obra em prosa de Fernando Pessoa. Páginas sobre literatura e estética*, introdução, organização e notas de António Quadros, Mem Martins, Publicações Europa-América, 2ª ed., vol. 10, 1986, p. 32.

livro abre com o primeiro texto de ficção narrativa dado a público por Fernando Pessoa, em 1914, sob o título desconcertante de "Crônica decorativa I".

Trata-se de uma peça de humor despudorado, insólito, onde o narrador — um estudioso da porcelana nipônica, que "sempre teve o Japão como uma nação de quadro, parada e apenas real sobre transparência de louça" —, perante o professor Boro, da Universidade de Tóquio (de quem, com feroz ironia, aventa a hipótese de que talvez tenha nascido em Lisboa, e José seja o seu nome!), especula sobre a existência ou não existência do Japão e dos japoneses, cuja realidade para ele se resume às representações que deles fazem os bules e as chávenas de chá.

"Crônica decorativa II" é aqui dada a público pela primeira vez. Escrita na sequência da anterior, e ambas datadas de 22/8/1914, constituiriam decerto o início de um projeto de colaboração regular de Fernando Pessoa na revista *O Raio*, sob o mesmo título genérico, projeto esse interrompido pela extinção da referida revista.

Com o mesmo sentido de humor e de absurdo da primeira crônica, esta narrativa dá-nos a ler, pela voz magoada de uma personagem absolutamente anticientífica e visceralmente conservadora (contraditando assim todos os mais caros pressupostos do próprio Pessoa, para quem, através de Álvaro de Campos, "o binômio de Newton é tão belo como a Vênus de Milo"), a catastrófica notícia, afirmada por "um explorador moderno", de "que a Pérsia realmente existe". Esse paradoxo vai ao ponto de o narrador, "amante da Tradição e da Ordem", convocar para o seu relato o brinde que o poeta inglês John Keats propôs "à confusão da matemática" — isto é, ao fim da ciência. Keats, baseando-se no princípio da decomposição da luz branca nas suas

cores constituintes, levada a cabo por Isaac Newton, asseverava que este, "ao desmanchar o arco-íris, destruiu a poesia".

Quanto à Pérsia, que o narrador julgava ser "apenas o nome especial que se dava à beleza de certos tapetes" e é hoje "declarada existente",

> Não pesou nada na balança dos escrúpulos dos cientistas a beleza dos poemas de um Hafiz, de um Rumi, de um Omar Khayyam. Foi em vão que estes grandes nomes do Passado tornaram grande e irreal e falsa a sua Pátria. Nada é sagrado para os demagogos de hoje. [...] Que mais querem, os novos bárbaros?

"A rosa de seda", ironicamente, e com alguma calculada perversão, é-nos apresentada como sendo uma fábula. Mas uma fábula muito peculiar, vinda de "um fabulário ainda por encontrar" — razão pela qual, quando algum dia, por inusitado mistério, chegar a ser lida, "no fabulário de onde vem, esta fábula não traz moralidade. Mesmo porque, na idade de ouro, as fábulas não tinham moralidade nenhuma".

Segue-se "O banqueiro anarquista", esteticamente, por certo, o mais perfeito dos seus contos, e o mais celebrado. E a ironia entra logo pelo título paradoxal, provocador, constituindo, à sua medida, uma breve mas paradigmática autobiografia intelectual de Pessoa, onde o humor se transforma na sua forma superior de resistir e de combater a mediocridade, a mesquinhez e a "vil tristeza" do "real cotidiano" em que o seu tempo o envolveu.

E, aqui, pela construção mental e ideológica da personagem do banqueiro, cabe trazer à colação o texto que em 30 de março de 1935 Fernando Pessoa escreveu (e que constitui, de certa forma, uma espécie de balanço

da sua vida e obra), declarando-se "anticomunista e antisocialista", mas também

> liberal dentro do conservantismo, e absolutamente antirreacionário. [...] Partidário de um nacionalismo mítico, de onde seja abolida toda infiltração católica-romana, criando-se, se possível for, um sebastianismo novo, que a substitua espiritualmente, se é que no catolicismo português houve alguma vez espiritualidade.

Esta explicação ajusta-se perfeitamente à personagem do banqueiro, que se apresenta quase como um *alter ego* do criador do "drama em gente", quiçá um semi-heterónimo.

Em "O banqueiro anarquista", encontram-se, como muito bem notou António Quadros, "alguns ingredientes caros a Fernando Pessoa: o raciocínio dedutivo levado até ao absurdo, o insólito, o invulgar e, evidentemente, o humor com que toda a história é contada"[5].

Sim, o humor, esse humor inaudito que transbordará, de igual modo, em "Um grande português *ou* A origem do conto do vigário", em "O automóvel ia desaparecendo" — ficção curiosamente escrita como texto publicitário para uma marca de tintas de automóvel — e em "A varina e a lógica", o segundo dos três inéditos aqui revelados.

"Um grande português...", protagonizado por Manuel Peres Vigário, astuto e bem-sucedido passador de moeda falsa, cujo "estratagema exemplar" foi capaz de vivamente comover o narrador ("é com ternura que relembro o feito deste grande português"), e que sela "a origem do conto do Vigário", remete-nos de imediato para o texto

5 *Obra em prosa de Fernando Pessoa. Ficção e teatro...*, *op. cit.*, vol. 5, 1986, p. 14.

"A arte do ator", onde Pessoa, na sua ânsia de tudo teorizar e questionar, nos diz:

> Representar tem na verdade todo o poder atrativo da falsificação. Todos nós gostamos dos falsários. É um sentimento muito humano e bastante instintivo. Todos nós gostamos de truques e de embustes.[6]

"Truques e embustes" que nos levam ao conto seguinte, onde o azul da cor do automóvel, quando era lavado, passava diretamente para a camurça com que o seu dono o esfregava: "O azul ia empalidecendo, e eu e a camurça é que ficávamos azuis". Até que o automóvel já "não era um carro, era uma anemia".

E a ironia cáustica, sibilina, de Pessoa vai pelo conto adiante — perdão, pelo texto publicitário feito conto[7] adiante —, até à consulta do primeiro protagonista (já completamente azul) ao especialista em lavagem de carros, de seu nome Bastos, solicitando-lhe "um esmalte fiel e indivorciável", uma vez que, como faz questão de sublinhar de maneira tão insólita e desconcertante, "quero pintar o meu carro de gente". Bastos, o especialista em lavagem de carros, tem mau feitio, é brutamontes (como aliás convém à sua especialidade profissional), e maltrata o seu hipotético futuro cliente num diálogo a raiar o pícaro,

6 *Obra em prosa de Fernando Pessoa. Páginas sobre literatura e estética*, op. cit., vol. 10, 1986, p. 79.
7 Esse texto foi escrito originalmente por Fernando Pessoa para a campanha publicitária de uma marca de tintas para automóvel. Publicado na revista *Folhas de Poesia*, Lisboa, nº 3, setembro de 1958, com o título "O automóvel ia desaparecendo", a sua inserção neste livro não constitui uma mera curiosidade. O humor insólito e desconcertante da sua narração justifica plenamente o seu lugar aqui.

receitando-lhe, por fim, o esmalte BERRYLOID — justa e precisamente a marca do produto que a publicidade deveria celebrar, e celebra, como se fosse a moralidade de uma fábula. O que, de resto, acontece: "O Bastos tratou-me mal, mas tratou bem a verdade. Não há nada como o BERRYLOID". Agora, "passa-se a camurça, mas é preciso usar óculos fumados: o brilho deslumbra. E, o que é mais, deslumbrará, porque dura".

José Rodríguez Feo (cofundador da mítica revista cubana *Orígenes*, com José Lezama Lima), na introdução[8] que escreve para *Contos frios*, de Virgilio Piñera, fala em *letravisão*. Descrevendo-a como "uma forma de sentir e entrever as coisas e os sentimentos", a *letravisão* "é a representação, em imagens visuais, de um estado subjetivo", onde "quem lê vê com os olhos; mas ao mesmo tempo com as palavras".

Esta proposta de leitura quadra na perfeição com o conto *sensacionista* (segundo os preceitos teóricos enunciados pelo próprio Pessoa) "A varina e a lógica", que encerra esta parte do livro e é, também ele, aqui dado à estampa pela primeira vez.

O sarcasmo e o absurdo voltam a ser a nota dominante neste retrato implacável do povo mais humilde, pelo qual, elitista como era, Fernando Pessoa nunca escondeu o seu menosprezo. Por outro lado, ao sentenciar para esta fábula a "moral" de "confundir é vencer", Fernando Pessoa não está senão a autenticar em extremo a postura a que se viu obrigado perante o caos da sua própria obra, para a qual, como sabemos, lhe faltou tempo e vida para devidamente arrumar, organizar e editar.

8 José Rodríguez Feo, introdução a Virgilio Piñera, *Contos frios*, trad. Teresa Cristófani Barreto, São Paulo, Iluminuras, 1989, p. 11.

Letravisão e sensacionismo: eis as duas faces deste conto, em que o narrador bem se pode dizer ter-se metamorfoseado numa autêntica câmara cinematográfica. Para *confundir* e *vencer*, naturalmente.

*

"Fábulas para as nações jovens"[9] — título do próprio autor, e segunda parte deste livro — reúne um conjunto de seis fábulas aqui transcritas a partir dos originais que se encontram no espólio de Fernando Pessoa, na Biblioteca Nacional de Lisboa. Além da inevitável atualização ortográfica, algumas opções relativamente a variantes do texto foram tomadas, da responsabilidade do organizador, encontrando o leitor no final do volume a sua completa descrição. Escritas num tom perversamente lúdico, de instrução e proveito para todas as idades, em que a causticidade da ironia e o humor desconcertante do "raciocinador" (ou "moralista") não deixam nunca de estar presentes, estas fábulas são, também elas, reveladoras do pendor interventivo e libertário, quer político, quer social e cultural, de Fernando Pessoa.

Datada uma delas, "Eu, o doutor", de 31/1/1932, pode depreender-se que a sua fatura global se situa próxima desta data, e que se trata de uma reação do seu autor à ascensão de Salazar ao poder — Salazar que, nesse mesmo ano, chegou a chefe do governo, fazendo publicar o projeto de uma nova constituição que veio a culminar na instauração da ditadura do Estado Novo.

9 A transcrição literal dessas fábulas, conforme à ortografia dos originais, foi publicada, com fixação de textos de Henrique Chaves, no livro *Pessoa inédito*, coord. Teresa Rita Lopes, Lisboa, Livros Horizonte, 1993, pp. 422-427.

Por outro lado ainda, um certo e bem crítico retrato de uma das facetas do "ser português", na esteira do célebre ensaio "O caso mental português"[10], não está também ausente destas fábulas: a supremacia da esperteza (que o mesmo é dizer: da mediocridade) sobre a inteligência, em "O Saraiva *ou* O Saraiva e as meninas"; e aquele gosto mesquinho do insulto e da discussão pela discussão, sem outro fito que não o tolejo palavrear, e a mais arrematada aleivosia, em "O Soares e o Pereira", ou em "O cristão e o católico", o terceiro inédito corrosivo aqui dado à estampa.

De certa forma, toda a obra de Fernando Pessoa — ortônima ou heterônima, em prosa ou verso — se interliga como uma teia de aranha gigantesca, cujos fios e cordéis compete ao leitor desfiar, tecer, distender, encordoar, e sobre eles caminhar como se fosse um funâmbulo em permanente sobressalto e descoberta. E essa é justamente a razão por que a terceira parte deste livro alberga nas suas páginas os contos de O. Henry que Fernando Pessoa traduziu e fez publicar na revista *Athena*, entre dezembro de 1924 e junho de 1925, nos seus números 3 e 5, respectivamente.

O. Henry, pseudônimo de William Sydney Porter, nasceu a 11 de setembro de 1862, em Greensboro, na Carolina do Norte, e morreu em Nova York a 5 de julho de 1910.

Tendo ficado sem os pais quando era ainda criança, foi criado por uma tia, professora num colégio particular, que lhe incutiu o gosto pela ficção. Frequentou a escola até aos 15 anos de idade, começando então a trabalhar com o tio numa farmácia. Uma fraqueza pulmonar, aos 19 anos, obrigou-o a abandonar o emprego, rumando

10 Fernando Pessoa, "O caso mental português", *Fama*, n. 1, Lisboa, 30 de novembro de 1932.

ao Texas, cujos ares e clima se lhe tornaram benéficos à saúde. Viveu num rancho de criação de carneiros, onde se tornou exímio cavaleiro e domador de potros, mas cedo se cansou da vida campestre, mudando-se para Austin. Aí, começou por trabalhar num escritório de registro de terras — tema, aliás, de um dos seus contos aqui incluídos: "A decisão de Georgia".

O apelo da escrita, porém, levou-o a fundar, em 1894, um semanário humorístico, o *Rolling Stones*, cuja vida efêmera o impeliu a colaborar no *Daily Post* de Houston, assinando com o seu próprio nome uma coluna de crônicas humorísticas.

Os seus proventos como jornalista eram naturalmente parcos e insuficientes para lhe garantirem a subsistência, bem assim a de sua mulher e filha, razão por que aceitou o emprego de contador bancário na sucursal do First National Bank, de Austin, banco esse desastrada e ruinosamente administrado.

Certo dia, nas contas que eram da responsabilidade de William Porter, foi detectada uma diferença de cerca de mil dólares, mistério ainda hoje indesvendado: terá sido efetivamente um desfalque levado a cabo pelo próprio Porter, ou terá sido um simples descaso administrativo? Muito embora o fiel da balança pendesse mais para a inocência de Porter, nenhum dos seus biógrafos teve, até hoje, uma resposta cabal e unívoca a respeito deste percalço de vida daquele que foi o escritor mais disputado pelas revistas do seu tempo, lido e amado por milhões de leitores, e um dos contistas norte-americanos mais populares de sempre.

E se é verdade que os seus patrões o não incriminaram então judicialmente, continuando Porter a colaborar tranquilamente no *Daily Post*, também é verdade que, intempestivamente, sob a pressão de temores infundados

de uma perseguição policial iminente, o ex-empregado bancário foge, um dia, abandonando mulher e filha, para New Orleans, de onde parte para Trujillo, nas Honduras.

Acabou por regressar aos Estados Unidos, quando soube que a sua mulher estava gravemente doente, acabando esta por falecer poucos dias depois da sua chegada a Austin.

Entretanto, a sua "fuga" foi entendida e levada à letra como uma confissão de culpa inequívoca, e Porter foi oficialmente acusado, em 1896, de desvio criminoso de fundos.

Cumpridos os serviços fúnebres, e deixada a filha aos cuidados da avó materna, Porter entregou-se à polícia, tendo sido julgado e condenado em tribunal a cinco anos de cadeia, pena reduzida para três anos e três meses, por bom comportamento.

Na Penitenciária Federal de Ohio, onde fora encarcerado, reencontrou o seu velho amigo Al Jennings, companheiro de muita e turbulenta aventura, quer no oeste norte-americano, quer na América Latina.

Al Jennings, que cumpria pena de prisão por assaltos a comboios e homicídio, e que viria a escrever uma biografia de O. Henry — *Through the Shadows with O. Henry* —, descreve-o nestes termos em *Fora da lei!...*[11]:

[...] para mim, quer ele se chamasse Bill Porter ou O. Henry, esse amigo manteve-se sempre o mesmo ser desconcertante, calmo, reservado, cheio de *humour*,

11 Al Jennings, *Fora da lei!...*, versão portuguesa de João de Lemos, Lisboa, Clássica Editora, 1939, pp. 103, 104 e 127. Este livro, libelo implacável contra o sistema presidiário norte-americano, e documento humano verdadeiramente excepcional, é a autobiografia dos tempos de cárcere de Al Jennings na Penitenciária Federal de Ohio, sendo O. Henry uma das suas mais constantes personagens.

afetuoso e fraternal, que sempre encontrei em todas as curvas da nossa vida comum, tal como o vi nessa manhã em que tinha sede e em que ele me levou a uma *estanca* mantida por indígenas, a beber o primeiro copo de aguardente, no paraíso dos foragidos. [...] O. Henry captava a vida diretamente, sob uma luz crua, descobrindo o reverso da cena com imenso *humour*, troçando dos ridículos, mas cheio de comiseração para com esses inenarráveis fantoches que são os homens. Se o divertiam, desprezava-os, pois O. Henry era, de coração, um aristocrata inato. Tinha a altiva desenvoltura de qualquer *gentleman* do Sul. Gostava de se juntar por vezes com o povo, mas via-se não ser essa a sua classe.

E foi precisamente naquele hediondo tugúrio do Ohio que O. Henry escreveu as suas primeiras histórias, lendo-as de seguida a alguns dos seus companheiros e membros do Clube de Reclusos, que ele próprio criara na penitenciária, antes de as enviar, através da irmã de um deles, com a identidade camuflada pelo pseudônimo que adotou, inspirado pelo nome do então chefe dos guardas prisionais, o capitão Orrin Henry, para as revistas que começavam a publicá-las com um êxito crescente.

Ao sair da cadeia, em 1902, decidiu ir viver em Nova York, onde se impôs definitivamente como escritor, sobretudo a partir da publicação de *Four Millions*, em 1906, não obstante o seu já grande êxito entre os leitores das revistas onde colaborava.

Muito embora a crítica literária lhe não tivesse sido quase nunca favorável, chegando alguma dela a considerá-lo um abastardamento de Edgar Allan Poe e de Ambrose Bierce, o que naturalmente o desgostava e feria de morte, O. Henry era um dos autores favoritos de

Blaise Cendrars e, ao que se pode deduzir sem excessiva margem de erro, também de Fernando Pessoa, a par de Edgar Allan Poe (de quem traduziu os poemas "O corvo", "Annabel Lee" e "Ulalume", igualmente publicados na revista *Athena*), Arthur Morrison e Conan Doyle, para citar apenas autores de literatura policiária.

A Fernando Pessoa terá naturalmente seduzido na obra de O. Henry (de quem programara, no plano editorial que estabelecera, entre 1919 e 1920, para a sua Olisipo Editores — e que de todo se cumpriu —, a publicação de um volume com o título *Contos seletos*, de O. Henry, acabando por traduzir apenas os contos "A teoria e o cão", "Os caminhos que tomamos" e "A decisão de Georgia", aqui dados pela primeira vez a público no seu conjunto), antes de tudo, o tom quase policiário em que a trama narrativa é urdida; depois, a mestria formal, trazendo essa fórmula algo inovadora, a que se deu o nome de "conto de *twist*" ou "de final inesperado". E por acréscimo, mas não de somenos importância, o insólito, o humor e a ironia, recursos estilísticos tão caros ao poeta dos heterônimos.

Fernando Pessoa, que afirmava que "a literatura, como toda a arte, é uma confissão de que a vida não basta", e que "o romance é o conto de fadas de quem não tem imaginação"[12], entendia a prosa de ficção como "sendo a linguagem falada escrita", e, "por isso mesmo, o reflexo da ideia, para cuja emissão a palavra falada existe". Já a poesia "é assim a prosa feita música, ou a prosa cantada", sendo o ritmo que as separa e diferencia "um movimento íntimo da alma"[13].

12 *Obra em prosa de Fernando Pessoa. Páginas sobre literatura e estética*, op. cit., vol. 10, 1986, p. 60.
13 *Ibidem*, p. 49.

E é precisamente esse "movimento íntimo da alma" — da sua alma, bem entendido — que Fernando Pessoa imprime às traduções que faz. Tornando-as não só "ritmicamente conforme o original" (tal como já o havia feito notar nas suas traduções dos poemas de Poe), também a emoção visual subjacente à própria narrativa e as ideias que nela e através dela se expressam denotam em absoluto a impressão digital desse "movimento íntimo da alma" que é o seu.

Em verdade, Pessoa apossa-se do texto alheio, dando-o, em tradução portuguesa, quase como que heterônimo e, ao mesmo tempo, ortônimo, e seu. Ou seja, ao servir-se do texto original para atingir um ponto de chegada que seja a criação de um texto análogo, esse texto não deixa nunca de estar impregnado da sua indelével marca pessoal e da clarividência do seu gênio.

Essas características estão, aliás, bem patentes em todas as suas traduções aqui apresentadas, destacando-se porém "A decisão de Georgia", cujo trabalho sobre a linguagem coloquial se impõe e é um dos mais altos valores estilísticos na construção da própria narrativa, e onde o humor de Pessoa-tradutor se funde em resplendor com o humor desconcertante, e não raro trágico, de O. Henry.

E é nisso que reside a grandeza do autor de "Hora absurda", enquanto tradutor.

*

Muito embora "O marinheiro" tenha o subtítulo de "Drama estático em um quadro" (o que, de imediato, nos remete para um gênero literário muito concreto — a escrita para teatro), este texto pode perfeitamente ser lido como se lê um conto — um conto "dramatizado", bem entendido.

E assim pode ser lido, não apenas pela quase absoluta inexistência de didascálias que apresenta, mas porque essa mesma hipótese plausível de leitura, o próprio Pessoa, incorrigível e obsessivo teorizador e questionador de tudo, a deixa em aberto, implícita e intencional, neste seu programático pressuposto:

> Chamo teatro estático aquele cujo enredo dramático não constitui ação — isto é, onde as figuras (postadas) não só não agem, porque nem se deslocam nem dialogam sobre deslocarem-se, mas nem sequer têm sentidos capazes de produzir uma ação; onde não há conflito nem propriamente enredo. Dir-se-á que isto não é teatro. Creio que o é porque creio que o teatro transcende o teatro meramente dinâmico e que o enredo do teatro é, não a ação nem a proposta ou consequência da ação — mas, mais abrangentemente, a revelação das almas através das palavras trocadas e a criação de situações através... Pode haver revelação de almas sem ação, e pode haver criação de situações de inércia meramente de alma, sem janelas ou portas para a realidade.[14]

Por outro lado, não será despiciendo referir em "O marinheiro" a origem ou o centro inaugural, quer do teatro, quer da prosa de ficção "do absurdo", que Virgilio Piñera, Samuel Beckett (que conhecia da língua portuguesa "o suficiente para ler Fernando Pessoa no original"[15]) e Eugène Ionesco viriam a sedimentar como uma das correntes

14 Fernando Pessoa, *Prosa publicada em vida*, ed. Richard Zenith, Lisboa, Círculo de Leitores, 2006, p. 31.
15 Arnaldo Saraiva, *Encontros desencontros*, Porto, Livraria Paisagem, 1973, p. 151.

literárias mais vigorosas da segunda metade do século XX, o século de todas as vanguardas.

Escrito em outubro de 1913, e publicado pela primeira vez em março de 1915, no primeiro número de *Orpheu*, depois de a revista "saudosista" *A Águia* se ter mostrado indisponível para o publicar num dos seus números, a fatura de "O marinheiro" antecede em Fernando Pessoa o "aparecimento", datado de 8 de março de 1914, da sua heteronímia literária. Ou seja, "o drama estático" antecipa a criação do "drama em gente", que outra coisa não é que uma soma de obras teatrais, em monólogos e em verso, a constituir no seu conjunto a obra de cada um desses mesmos heterônimos.

Vários são os versos, na "exaltação íntima do poeta e [n]a despersonalização do dramaturgo"[16], que ressoam desde "O marinheiro", ou para ele convergem (sobretudo nas suas falas finais), em poemas ortônimos, como "Hora absurda", datado de 4 de julho de 1913 (anterior, portanto, ao "drama estático"), que começa com o verso "O teu silêncio é uma nau com todas as velas pandas...", para finalizar com o verso "Eu fui amado em efígie num país para além dos sonhos..."; ou na série de poemas que constituem "Chuva oblíqua" ("Atravessa esta paisagem o meu sonho dum porto infinito", "Não sei quem me sonho..."); ou ainda, entre tantos outros exemplos, o poema que principia pelo verso "Aqui na orla da praia, mudo e contente do mar".

Mas também em poemas dos heterônimos, esses "vasos comunicantes" se denotam: desde a "Tabacaria", à "Ode marítima" e à "Ode triunfal", de Álvaro de Campos,

16 Fernando Pessoa, em *Cartas de Fernando Pessoa a João Gaspar Simões*, prefácio, posfácio e notas do destinatário, 2ª ed., Lisboa, INCM/Centro de Estudos Pessoanos, 1982, p. 79.

a muitos dos versos que constituem os poemas que enformam *O guardador de rebanhos* e *Os poemas inconjuntos*, de Alberto Caeiro, e cuja citação seria aqui fastidiosa.

"O marinheiro", texto onde as marcas do simbolismo afim ao do propalado por Maeterlinck são evidentes, é uma longa e magistral meditação sobre a angústia da passagem do tempo e da condição humana, sobre a realidade e a irrealidade do mundo e da vida, cujos conceitos, através de imagens oníricas e de jogos mentais dinâmicos e contrastantes com a imobilidade das personagens, permanentemente são postos em causa.

Se outra razão não houvesse para a inclusão de "O marinheiro" neste livro, bastaria a razão de o mesmo se apresentar como um texto completo, revisto e publicado pelo próprio Fernando Pessoa; para além, naturalmente, da sua inquestionável beleza estética, não obstante o cáustico poema que mereceu a Álvaro de Campos:

A FERNANDO PESSOA
Depois de ler o seu drama estático
"O marinheiro" em "Orpheu I"

Depois de doze minutos
Do seu drama *O marinheiro*,
Em que os mais ágeis e astutos
Se sentem com sono e brutos,
E de sentido nem cheiro,
Diz uma das veladoras
Com langorosa magia:
De eterno e belo há apenas o sonho. Por que estamos nós falando ainda?
Ora, isso mesmo é que eu ia
Perguntar a essas senhoras...

Completo que está o *puzzle*, tem o leitor em suas mãos um livro irreverente e indisciplinador, um hino à liberdade, e um libelo contra toda e qualquer forma de censura, de prepotência, de submissão e de conformismo. E um livro — nunca será demais repeti-lo — transbordante de humor e de ironia, de absurdo, e daquela superior inteligência do seu autor, cuja convivialidade, para os sentidos de quem lê, é sempre uma festa no avesso das catástrofes.

ZETHO CUNHA GONÇALVES nasceu em Huambo, Angola, em 1960. É poeta, tradutor e autor de literatura infantil e juvenil. Publicou diversos livros de poesia, como *A palavra exuberante* (2004), *Sortilégios da terra* (2007) e *Noite vertical* (2017). Traduziu poemas de Vicente Huidobro, William Carlos Williams e Joan Brossa e organizou edições da obra de Mário Cesariny, Natália Correia, Fernando Pessoa e Eça de Queiroz.

**Contos completos
& crônicas decorativas**

Crônica decorativa I

A circunstância humana de eu ter amigos fez com que ontem me acontecesse vir a conhecer o Dr. Boro, professor da Universidade de Tóquio. Surpreendeu-me a realidade quase evidente da sua presença. Nunca supus que um professor da Universidade de Tóquio fosse uma criatura, ou sequer coisa, real.

 O Dr. Boro — sinto que me custa doutorá-lo — pareceu-me escandalosamente humano e parecido com gente. Vibrou um golpe, que me esforço por desviar de decisivo, nas minhas ideias sobre o que é o Japão. Trajava à europeia, e, como qualquer mero professor existente na Universidade de Lisboa, tinha o casaco por escovar. Ainda assim, por delicadeza, dei-me por ciente, durante duas horas, da sua presença próxima.

 Preciso explicar que as minhas ideias do Japão, da sua flora e da fauna, dos seus habitantes humanos e das várias modalidades de vida que lhes são próprias, derivam de um estudo demorado de vários bules e chávenas. Eu por isso sempre julguei que um japonês ou uma japonesa tivesse apenas duas dimensões; e essa delicadeza para com o espaço deu-me uma afeição doentia por aquele país econômico de realidade. O professor Boro é sólido, tem sombra — várias vezes fiz com que o meu olhar o verificasse — e, além de falar e falar inglês, coloca ideias

e noções compreensíveis dentro das suas palavras. A circunstância de que as suas ideias não comportam nem novidade nem relevo apenas o aproxima dos professores europeus, pavorosamente europeus, que conheço.

Além disto, o professor Boro tem movimento, desloca-se, não sei como, de um lado para o outro, o que, feito perante quem sempre teve o Japão por uma nação de quadro, parada e apenas real sobre transparência de louça, é requintadamente ordinário e desiludidor.

Falamos de política internacional, da guerra europeia, e fizemos várias incursões pelos vários fenômenos literários característicos da nossa época. A ignorância que o professor Boro tinha de futurismo foi a única benzina para a nódoa da sua realidade moderna. Mas há algum professor de alguma Universidade da Europa que siga de perto os movimentos da arte contemporânea?

Dados os fatos que venho explicando, compreende-se que eu fosse avaro de o interrogar sobre o Japão. Para quê? Ele era capaz de atirar para dentro da minha ignorância uma quantidade de coisas falsas. Quem sabe se ele se atreveria a insinuar pela conversa fora, como coisa normalmente acreditável, que no Japão há problemas econômicos, dificuldades de vida para várias pessoas, cidades com lojas reais, campos com colheitas como as nossas, exércitos realmente parecidos com os da Europa e com execráveis aperfeiçoamentos científicos para guerras em verdade contemporâneas? Daqui ele não hesitaria talvez em me afirmar — com que cinismo nem eu meço — que no Japão os homens têm relações sexuais com as mulheres, que nascem crianças, que a gente de lá, em vez de estar sempre vestida como as figuras da louça japonesa, despe-se e veste-se como se fosse europeia. Por isso não tratamos do Japão. Perguntei ao professor se ele tinha tido uma boa viagem, e ele caiu em

dizer-me que não — como se um estudioso como eu da porcelana nipônica pudesse admitir que há más viagens para os japoneses, que — delicioso povo! — nem sequer se dá ao trabalho de existir. As chávenas partem-se, não comportam tormentas. A frase "uma tempestade num copo de água" ou "numa chávena", como dizem outros, é puramente europeia.

Uma frase houve (casual, quero crer, no professor Boro) que me magoou mais do que outra.

Falávamos — eu, é claro, com o desprendimento com que se tratam estes assuntos feéricos — da influência dos mecanismos sobre a psicologia do operário, quando se sabe — claro está — que o operário não tem psicologia. E o professor referiu-se aos progressos industriais do Japão e acrescentou umas palavras, que me esforcei com metade de êxito para não ouvir, sobre (creio) movimentos operários no Japão e um fuzilamento (suponho) de não sei que chefe socialista. Eu há tempos — numa coluna sem dúvida humorística de um diário — vira em um telegrama de Tóquio constando qualquer coisa nesse tom; mas, além de não crer que de Tóquio se mandassem telegramas — visto Tóquio não dever ter mais do que duas dimensões —, ninguém que como eu tenha estudado a psicologia japonesa através das chávenas e dos pires admite progressos de qualquer espécie no Japão, indústrias japonesas, movimentos socialistas e chefes socialistas, ainda por cima fuzilados, como quaisquer europeus que vivem. Quem como eu conhece bem o Japão — o verdadeiro Japão, de porcelana e erros de desenho —, compreende bem a incompatibilidade entre o progresso, indústria e socialismo, e a absoluta não existência daquele país. Socialistas japoneses! Uma contradição flagrante! Uma frase sem sentido, como "círculo quadrado"! Se nem o inexistente estivesse livre do socia-

lismo! Aquelas figuras deliciosas, eternamente sentadas ao pé de casas do tamanho delas, à beira de lagos absurdos, de um azul impossível, aquém de montanhas totalmente irreais — essas maravilhosas figuras, com uma perfeita e patriótica individualidade japonesa, não pertencem decerto ao horroroso mundo onde se progride, e onde sobre o artista desabam a morbidez do produtivo e a barbárie do humanitário.

E vem querer tirar-me estas convicções o professor Boro, da Universidade de Tóquio! Não mas tira. Não é para ser enganado pela primeira realidade que se me atira aos olhos que eu tenho gasto minutos distensos na contemplação científica e estéril de bules e chávenas japonesas. O mais provável, a respeito deste Boro, é que nascesse em Lisboa e se chame José. Do Japão, ele? Nunca.

Se ao menos achei japonesa a sua cara? Absolutamente nada. Basta dizer que era real e existiu ali diante de mim, duas dolorosas horas, em plena ocupação inestética de todas as dimensões aproveitáveis (felizmente só três) do espaço autêntico. A sua cara parecia-se, é certo, com certas fotografias de "japoneses" que as ilustrações trouxeram há anos, e de vez em quando reincidindo trazem; mas toda a gente que sabe o que é o Japão por nunca lá ter ido sabe de cor que aquilo não são japoneses. E, de mais a mais, essas ilustrações eram principalmente de generais, almirantes, e operações guerreiras. Ora, é absolutamente impossível que no Japão haja generais, almirantes e guerra. Como, de resto, fotografar o Japão e os japoneses? A primeira coisa real que há no Japão é o fato de ele estar sempre longe de nós, estejamos nós onde estivermos. Não se pode lá ir, nem eles podem vir até nós. Concedo, se me forçarem a isso, que existam um Tóquio e um Yokohama. Mas isso não é no Japão, é apenas no Extremo Oriente.

O resto da minha vida, doravante, será escrupulosamente dedicado a esquecer o professor Boro e que ele — impronunciável absurdo! — se sentou na cadeira que está agora, na realidade de madeira, defronte de mim. Considero doentio esse fato, alucinatório talvez, e entrego-me com assiduidade a não me lembrar dele mais. Um japonês verdadeiro aqui, a falar comigo, a dizer-me coisas que nem mesmo eram falsas ou contraditórias! Não. Ele chama-se José e é de Lisboa. Falo simbolicamente, é claro. Porque ele pode chamar-se Macwhisky e ser de Inverness. O que ele não era decerto era japonês, real, e possível visitante de Lisboa. Isso nunca. Desse modo não havia ciência, se o primeiro ocasional nos viesse negar o que os nossos estudos assíduos nos fizeram ver.

Professor Boro, da Universidade de Tóquio? De Tóquio? Universidade de Tóquio? Nada disso existe. Isso é uma ilusão. Os inferiores e cábulas de nós construíram, para se não desorientarem, um Japão à imagem e semelhança da Europa, desta triste Europa tão excessivamente real. Sonhadores! Alucinados!

Basta-me olhar para aquela bandeja, pegar cariciosamente com o olhar naquele serviço de chá. Depois venham falar-me em Japão existente, em Japão comercial, em Japão guerreiro! Não é para nada que, através de esforços consecutivos, a nossa época ganhou o duro nome de científica. Japoneses com vida real, com três dimensões, com uma pátria com paisagens de cores autênticas! Lérias para entretenimento do povo, mas que a quem estudou não enganam...

Crônica decorativa II

Soube hoje uma coisa que me desgostou — que a Pérsia realmente existe. Eu julgava que a Pérsia era apenas o nome especial que se dava à beleza de certos tapetes. Agora parece que um explorador moderno afirma a sua existência. Se bem que os exploradores modernos sejam, como em geral todos os homens de ciência, suscetíveis de erro mais que os outros homens, disse-me há pouco um jornalista que o fato merece crédito. A ser verdade (eu ainda hesito) resta saber que nome se vai dar de hoje em diante aos tapetes persas. E a poesia persa — a propósito — que nova denominação vai ter?

Serve-me este assunto de tema para expor certas opiniões que há muito tempo uso sobre o modo extraordinariamente intenso como, de há tempo para cá, a ciência grassa e o espírito científico nos ataca. Se daqui a pouco o polo Sul vai também desatar a ser real, não sei a que ponto chegaremos. Breve existirá tudo e não está longe o dia, talvez, em que basta sonharmos uma rainha medieval para ela nos entrar, contemporânea e anatomizável, pela porta dentro, depois de bater à realidade da campainha e se fazer anunciar pela presença beiroa da criada.

Afirmou-me um amigo meu, o qual, por culto, me merece um crédito dubitante, que lera em livro de Guyau que um Keats brindara coisas más para a memória de

Newton porque ele fizera qualquer coisa como descobrir leis que tinham que ver com os astros. Se ponho certo vago na minha descrição é porque não tenho a mínima ideia do que Newton fez ou descobriu. O fato, agora, é o brinde de Keats. Esse brinde contém uma intuição justa. A aplicação é que é péssima. Não fez mal a ninguém descobrir as leis dos astros. Eles sempre foram visíveis. E a sua boa qualidade de serem longínquos, não lha tirou a descoberta de Newton, fosse ela qual fosse; e, de mais a mais, essa descoberta, sendo matemática e portanto totalmente com feição de falsa, fez, do mal inevitável, o menos possível.

Desviei-me um parágrafo do assunto, para poder ver bem o que me convinha ter sempre pensado dele. Estou agora de posse da ideia de que sempre concordei com a essência do brinde de Keats. É necessário, pondo o problema no campo político e social (aqui vem a minha originalidade), estudar como se deve coibir e disciplinar utilmente a ação da investigação, da exploração e da ciência em geral.

Que a existência de laboratórios seja uma mancha sobre a nossa civilização — ninguém de ânimo firme o nega, ou também que as perigosas facilidades dadas ao trânsito por terras secularmente entregues à tradicional atividade dos salteadores, e mares donde o caráter revolucionário da civilização moderna baniu a instituição dos piratas, seja um dos mais licenciosos resultados da Revolução Francesa e do espírito anarquista em geral. Mas, em lugar de se atentar para estas deficiências de disciplina e de ordem que repugnam tanto ao espírito positivo como ao são critério expresso na máxima de São Tomás de Aquino — *eadem res generatur et conservatur in esse* —, o exagerado amor ao sensacionalismo da vida moderna, e a doentia tendência para acreditar nas

informações dos jornais têm favorecido, sem que alguém pense em as dever evitar, o desenvolvimento do espírito científico.

Por ora as consequências da fraqueza das instituições democráticas têm sido pouco notadas. Salvo o fato — contestável, de resto, manda a verdade que se diga — da descoberta do polo norte, e agora este, recentíssimo, da afirmação da existência da Pérsia, poucas têm sido as consequências notáveis. Mas se repararmos o que esses dois fatos já por si representam, de chofre nos ocorrerá qual o perigo crescente e assolapado que nos confronta e breve, visível e inevitável, se erguerá diante de nós.

Urge para já a constituição de uma Liga Anticientífica onde se defendam os impreteríveis direitos que as terras desconhecidas têm de permanecer desconhecidas, e os países inexistentes de não verem de um dia para o outro violada a sua neutralidade e forçados a entrar nas campanhas da realidade. Nem se pode dizer que isto esteja fora dos bons princípios liberais. O partido liberal inglês — partido representativo, mais do que nenhum, do liberalismo — teve quase sempre por doutrina (salvo, é claro, nos casos de utilidade nacional), por inviolável, a vida e instituições dos outros países. E ao mesmo tempo esta doutrina é a sã e pura atitude conservadora, dado que o que se pretende defender é a Tradição, a Ordem, a Disciplina Social.

Na nossa política tem-se visto recentemente o resultado desta tática revolucionária. Um grupo de dementados tem recentemente insistido pela implantação da monarquia no nosso país. Atentam assim, de ânimo leve, contra o caráter tradicional da monarquia, que é o de existir belamente e entusiasticamente — e isso só se pode dar estando ele sempre no passado e por isso acima das paixões e das flutuações do sentimentalismo humano.

E atentam contra o sagrado princípio da Tradição, que exige e sempre exigiu que a Tradição ficasse no passado, sem que o presente lhe tocasse ou a atingisse, servindo-se dela.

É desolador este estado de coisas. Ninguém pensa para onde vai, o que será o dia de amanhã. Para alguns ele deve ser ontem. Assim passam, entre dúvidas e tédios, os nossos tristes e cansados dias.

Impõe-se uma reação enérgica e disciplinada. Por toda a parte o espírito revolucionário e o excesso de espírito científico — ou, melhor, o espírito científico indisciplinado — pretendem avassalar a realidade. Ontem foi o polo norte declarado descoberto. Todo o conservador estremeceu. Hoje é a Pérsia declarada existente. Todo aquele para quem a Tradição representa mais alguma coisa de que um nome sentiu as lágrimas chegarem-lhe aos olhos. Não pesou nada na balança dos escrúpulos dos cientistas a beleza dos poemas de um Hafiz, de um Rumi, de um Omar Khayyam. Foi em vão que estes grandes nomes do Passado tornaram grande e irreal e falsa a sua Pátria. Nada é sagrado para os demagogos de hoje. Que mais pretendem? Quanto mais vão ousar? Só lhes falta provar que Cristo foi uma realidade, que existiu o Império Romano, que as lutas políticas da Grécia tiveram lugar realmente. Que mais querem, os novos bárbaros?

Este grito é, bem o sei, lançado aos ventos. Nenhuma Liga Anticientífica se formará. Ninguém fará soar a sua voz de acordo com a minha contra a invasão destes desintegradores da sociedade. Ficará tudo entregue aos "progressos" do espírito "científico". Hoje não podemos ter tapetes persas. Já tínhamos perdido as paisagens polares. Amanhã irão as sedas da China, as cutelarias do velho Japão. Assim progressivamente escassearão as subsistências e dentro em breve, absorvidos pela animalidade,

ver-nos-emos obrigados a viver na terra como qualquer animal, a ter saúde como qualquer larva, a acreditar na vida como uma patagônia ou um cherokee.

Que o sábio que daqui a 10 mil anos estudar a nossa civilização extinta, aplicando-se à época da decadência, possa, lendo estas linhas de um homem amante da Tradição e da Ordem, verificar que nem todos se deixaram ir na maré, que uma voz houve que se erguesse no meio da covardia da aceitação universal.

A rosa de seda
(fábula)

Num fabulário ainda por encontrar será um dia lida esta fábula:

A uma bordadora dum país longínquo foi encomendado pela sua rainha que bordasse, sobre seda ou cetim, entre folhas, uma rosa branca. A bordadora, como era muito jovem, foi procurar por toda a parte aquela rosa branca perfeitíssima, em cuja semelhança bordasse a sua. Mas sucedia que umas rosas eram menos belas do que lhe convinha, e que outras não eram brancas como deviam ser. Gastou dias sobre dias, chorosas horas, buscando a rosa que imitasse com seda, e, como nos países longínquos nunca deixa de haver pena de morte, ela sabia bem que, pelas leis dos contos como este, não podiam deixar de a matar se ela não bordasse a rosa branca.

Por fim, não tendo melhor remédio, bordou de memória a rosa que lhe haviam exigido. Depois de a bordar foi compará-la com as rosas brancas que existem realmente nas roseiras. Sucedeu que todas as rosas brancas se pareciam exatamente com a rosa que ela bordara, que cada uma delas era exatamente aquela.

Ela levou o trabalho ao palácio e é de supor que casasse com o príncipe.

No fabulário de onde vem, esta fábula não traz moralidade. Mesmo porque, na idade de ouro, as fábulas não tinham moralidade nenhuma.

O banqueiro anarquista

Tínhamos acabado de jantar. Defronte de mim o meu amigo, o banqueiro, grande comerciante e açambarcador notável, fumava como quem não pensa. A conversa, que fora amortecendo, jazia morta entre nós. Procurei reanimá-la, ao acaso, servindo-me de uma ideia que me passou pela meditação. Voltei-me para ele, sorrindo.

— É verdade: disseram-me há dias que você em tempos foi anarquista...

— Fui, não: fui e sou. Não mudei a esse respeito. *Sou* anarquista.

— Essa é boa! Você anarquista! Em que é que você é anarquista?... Só se você dá à palavra qualquer sentido diferente...

— Do vulgar? Não; não dou. Emprego a palavra no sentido vulgar.

— Quer você dizer, então, que é anarquista exatamente no mesmo sentido em que são anarquistas esses tipos das organizações operárias? Então entre você e esses tipos da bomba e dos sindicatos não há diferença nenhuma?

— Diferença, diferença, há... Evidentemente que há diferença. Mas não é a que você julga. Você duvida talvez que as minhas teorias sociais sejam iguais às deles?...

— Ah, já percebo! Você, quanto às teorias, é anarquista; quanto à prática...

— Quanto à prática sou tão anarquista como quanto às teorias. E quanto à prática sou mais, sou muito mais anarquista que esses tipos que você citou. Toda a minha vida o mostra.

— Hem?

— Toda a minha vida o mostra, filho. Você é que nunca deu a estas coisas uma atenção lúcida. Por isso lhe parece que estou dizendo uma asneira, ou então que estou brincando consigo.

— Ó homem, eu não percebo nada!... A não ser..., a não ser que você julgue a sua vida dissolvente e antissocial e dê esse sentido ao anarquismo...

— Já lhe disse que não — isto é, já lhe disse que não dou à palavra anarquismo um sentido diferente do vulgar.

— Está bem... Continuo sem perceber... Ó homem, você quer-me dizer que não há diferença entre as suas teorias verdadeiramente anarquistas e a prática da sua vida — a prática da sua vida como ela é agora? Você quer que eu acredite que você tem uma vida exatamente igual à dos tipos que vulgarmente são anarquistas?

— Não; não é isso. O que eu quero dizer é que entre as minhas teorias e a prática da minha vida não há divergência nenhuma, mas uma conformidade absoluta. Lá que não tenho uma vida como a dos tipos dos sindicatos e das bombas — isso é verdade. Mas é a vida deles que está fora do anarquismo, fora dos ideais deles. A minha não. Em mim — sim, em mim, banqueiro, grande comerciante, açambarcador se você quiser —, em mim a teoria e a prática do anarquismo estão conjuntas e ambas certas. Você comparou-me a esses parvos dos sindicatos e das bombas para indicar que sou diferente deles.

Sou, mas a diferença é esta: eles (sim, eles e não eu) são anarquistas só na teoria; eu sou-o na teoria e na prática. Eles são anarquistas e estúpidos, eu anarquista e

inteligente. Isto é, meu velho, eu é que sou o verdadeiro anarquista. Eles — os dos sindicatos e das bombas (eu também lá estive e saí de lá exatamente pelo meu verdadeiro anarquismo) —, eles são o lixo do anarquismo, os fêmeas da grande doutrina libertária.

— Essa nem ao diabo a ouviram! Isso é espantoso! Mas como concilia você a sua vida — quero dizer a sua vida bancária e comercial — com as teorias anarquistas? Como o concilia você, se diz que por teorias anarquistas entende exatamente o que os anarquistas vulgares entendem? E você, ainda por cima, me diz que é diferente deles por ser *mais* anarquista do que eles — não é verdade?

— Exatamente.
— Não percebo nada.
— Mas você tem empenho em perceber?
— Todo o empenho.

Ele tirou da boca o charuto, que se apagara; reacendeu-o lentamente; fitou o fósforo que se extinguia; depô-lo ao de leve no cinzeiro; depois, erguendo a cabeça, um momento abaixada, disse:

— Ouça. Eu nasci do povo e na classe operária da cidade. De bom não herdei, como pode imaginar, nem a condição, nem as circunstâncias. Apenas me aconteceu ter uma inteligência naturalmente lúcida e uma vontade um tanto ou quanto forte. Mas esses eram dons naturais, que o meu baixo nascimento me não podia tirar.

Fui operário, trabalhei, vivi uma vida apertada; fui, em resumo, o que a maioria da gente é naquele meio. Não digo que absolutamente passasse fome, mas andei lá perto. De resto, podia tê-la passado, que isso não alterava nada do que se seguiu, ou do que lhe vou expor, nem do que foi a minha vida, nem do que ela é agora.

Fui um operário vulgar, em suma; como todos, trabalhava porque tinha que trabalhar, e trabalhava o menos

possível. O que eu era, era inteligente. Sempre que podia, lia coisas, discutia coisas e, como não era tolo, nasceu-me uma grande insatisfação e uma grande revolta contra o meu destino e contra as condições sociais que o faziam assim. Já lhe disse que, em boa verdade, o meu destino podia ter sido pior do que era; mas naquela altura parecia-me a mim que eu era um ente a quem a Sorte tinha feito todas as injustiças juntas, e que se tinha servido das convenções sociais para mas fazer. Isto era aí pelos meus 20 anos — 21 o máximo — que foi quando me tornei anarquista.

Parou um momento. Voltou-se um pouco mais para mim. Continuou, inclinando-se mais um pouco.

— Fui sempre mais ou menos lúcido. Senti-me revoltado. Quis perceber a minha revolta. Tornei-me anarquista consciente e convicto — o anarquista consciente e convicto que hoje sou.

— E a teoria, que você tem hoje, é a mesma que tinha nessa altura?

— A mesma. A teoria anarquista, a verdadeira teoria, é só uma. Tenho a que sempre tive, desde que me tornei anarquista. Você já vai ver... Ia eu dizendo que, como era lúcido por natureza, me tornei anarquista consciente. Ora, o que é um anarquista? É um revoltado contra a injustiça de nascermos desiguais *socialmente* — no fundo é só isto. E daí resulta, como é de ver, a revolta contra as convenções sociais que tornam essa desigualdade possível. O que lhe estou indicando agora é o caminho psicológico, isto é, como é que a gente se torna anarquista; já vamos à parte teórica do assunto. Por agora, compreenda você bem qual seria a revolta de um tipo inteligente nas minhas circunstâncias. O que é que ele vê pelo mundo? Um nasce filho de um milionário, protegido desde o berço contra aqueles infortúnios — e não

são poucos — que o dinheiro pode evitar ou atenuar; outro nasce miserável, a ser, quando criança, uma boca a mais numa família onde as bocas são de sobra para o comer que pode haver. Um nasce conde ou marquês, e tem por isso a consideração de toda a gente, faça ele o que fizer; outro nasce assim como eu, e tem que andar direitinho como um prumo para ser ao menos tratado como gente. Uns nascem em tais condições que podem estudar, viajar, instruir-se — tornar-se (pode-se dizer) mais inteligentes que outros que naturalmente o são mais. E assim por adiante, e em tudo...

As injustiças da Natureza, vá: não as podemos evitar. Agora as da sociedade e das suas convenções — essas, por que não evitá-las? Aceito — não tenho mesmo outro remédio — que um homem seja superior a mim por o que a Natureza lhe deu — o talento, a força, a energia; não aceito que ele seja meu superior por qualidades postiças, com que não saiu do ventre da mãe, mas que lhe aconteceram por bambúrrio logo que ele apareceu cá fora — a riqueza, a posição social, a vida facilitada etc. Foi da revolta que lhe estou figurando por estas considerações que nasceu o meu anarquismo de então — o anarquismo que, já lhe disse, mantenho hoje sem alteração nenhuma.

Parou outra vez um momento, como a pensar como prosseguiria. Fumou e soprou o fumo lentamente, para o lado oposto ao meu. Voltou-se, e ia a prosseguir. Eu, porém, interrompi-o.

— Uma pergunta, por curiosidade... Por que é que você se tornou propriamente anarquista? Você podia ter-se tornado socialista, ou qualquer outra coisa avançada que não fosse tão longe. Tudo isso estava dentro da sua revolta... Deduzo do que você disse que por anarquismo você entende (e acho que está bem como definição do

anarquismo) a revolta contra todas as convenções e fórmulas sociais e o desejo e esforço para a abolição de todas...
— Isso mesmo.
— Por que escolheu você essa fórmula extrema e não se decidiu por qualquer das outras... das intermédias?...
— Eu lhe digo. Eu meditei tudo isso. É claro que nos folhetos que eu lia via todas essas teorias. Escolhi a teoria anarquista — a teoria extrema, como você muito bem diz — pelas razões que lhe vou dizer em duas palavras.

Fitou um momento coisa nenhuma. Depois voltou-se para mim.

*

— O mal verdadeiro, o único mal, são as convenções e as ficções sociais, que se sobrepõem às realidades naturais — tudo, desde a família ao dinheiro, desde a religião ao Estado. A gente nasce homem ou mulher — quero dizer, nasce para ser, em adulto, homem ou mulher; não nasce, em boa justiça natural, nem para ser marido, nem para ser rico ou pobre, como também não nasce para ser católico ou protestante, ou português ou inglês. E todas estas coisas em virtude das ficções sociais. Ora, essas ficções sociais são más por quê? *Porque são ficções, porque não são naturais.* Tão mau é o dinheiro como o Estado, a constituição da família como as religiões. Se houvesse outras, que não fossem estas, seriam igualmente más, *porque também seriam ficções*, porque também se sobreporiam e estorvariam as realidades naturais. Ora, qualquer sistema que não seja o puro sistema anarquista, que quer a abolição de todas as ficções e de cada uma delas completamente, é uma ficção *também*. Empregar todo o nosso desejo, todo o nosso esforço, toda a nossa inteligência para implantar, ou contribuir para

implantar, uma ficção social em vez de outra é um absurdo, quando não seja mesmo um crime, *porque é fazer uma perturbação social com o fim expresso de deixar tudo na mesma*. Se achamos injustas as ficções sociais, porque esmagam e oprimem o que é natural no homem, para que empregar o nosso esforço em substituir-lhes outras ficções, se o podemos empregar para as destruir a todas?

Isto parece-me que é concludente. Mas suponhamos que o não é; suponhamos que nos objetam que isto tudo estará muito certo, mas que o sistema anarquista não é realizável na prática. Vamos lá a examinar essa parte do problema.

Por que é que o sistema anarquista não seria realizável? Nós partimos, todos os avançados, do princípio, não só de que o atual sistema é injusto, mas de que há vantagem, porque há justiça, em substituí-lo por outro mais justo. Se não pensamos assim, não somos avançados, mas burgueses. Ora, de onde vem esse critério de *justiça*? Do que é *natural* e *verdadeiro*, em oposição às ficções sociais e às mentiras da convenção. Ora, o que é natural é o que é inteiramente natural, não o que é metade, ou um quarto, ou um oitavo de natural. Muito bem. Ora, de duas coisas, uma: ou o natural é realizável socialmente ou não é; em outras palavras, ou a sociedade pode ser natural, ou a sociedade é essencialmente ficção e não pode ser natural de maneira nenhuma. Se a sociedade pode ser natural, então pode haver a sociedade anarquista, ou livre, e deve haver, porque é ela a sociedade inteiramente natural. Se a sociedade não pode ser natural, se (por qualquer razão que não importa) tem por força que ser ficção, então do mal o menos; façamo-la, dentro dessa ficção inevitável, o mais natural possível, para que seja, por isso mesmo, o mais justa possível. Qual é a ficção mais natural? Nenhuma é natural em si,

porque é ficção; a mais natural, neste nosso caso, será aquela que *pareça* mais natural, que *se sinta* como mais natural. Qual é a que parece mais natural, ou que sintamos mais natural? É aquela a que estamos habituados. (Você compreende: o que é natural é o que é do instinto; e o que, não sendo instinto, se parece em tudo com o instinto é o hábito. Fumar não é natural, não é uma necessidade do instinto; mas, se nos habituamos a fumar, passa a ser-nos natural, passa a ser sentido como uma necessidade do instinto.) Ora, qual é a ficção social que constitui um hábito nosso? É o atual sistema, o sistema burguês. Temos pois, em boa lógica, que ou achamos possível a sociedade natural, e seremos defensores do anarquismo; ou não a julgamos possível, e seremos defensores do regime burguês. Não há hipótese intermédia. Percebeu?...

— Sim, senhor; isso é concludente.

— Ainda não é bem concludente... Ainda há uma outra objeção, do mesmo gênero, a liquidar... Pode concordar-se que o sistema anarquista é realizável, mas pode duvidar-se que ele seja realizável *de chofre* — isto é, que se possa passar da sociedade burguesa para a sociedade livre sem haver um ou mais estados ou regimes intermédios. Quem fizer esta objeção aceita como boa, e como realizável, a sociedade anarquista; mas palpita-lhe que tem que haver um estado qualquer de transição entre a sociedade burguesa e ela.

Ora, muito bem. Suponhamos que assim é. O que é esse estado intermédio? O nosso fim é a sociedade anarquista, ou livre; esse estado intermédio só pode ser, portanto, um estado de preparação da humanidade para a sociedade livre. Essa preparação ou é material, ou é simplesmente mental; isto é, ou é uma série de realizações materiais ou sociais que vão adaptando a humanidade à sociedade livre, ou é simples propaganda gradualmente

crescente e influente, que a vai preparando *mentalmente* a desejá-la ou a aceitá-la.

Vamos ao primeiro caso, a adaptação gradual e material da humanidade à sociedade livre. É impossível; é mais que impossível: é absurdo. Não há adaptação material senão a uma coisa *que já há*. Nenhum de nós se pode adaptar materialmente ao meio social do século XXIII, mesmo que saiba o que ele será; e não se pode adaptar materialmente porque o século XXIII e o seu meio social não existem *materialmente* ainda. Assim, chegamos à conclusão de que, na passagem da sociedade burguesa para a sociedade livre, a única parte que pode haver de adaptação, de evolução ou de transição é *mental*, é a gradual adaptação dos espíritos à ideia da sociedade livre... Em todo o caso, no campo da adaptação material, ainda há uma hipótese...

— Irra com tanta hipótese!...

— Ó filho, o homem lúcido tem que examinar todas as objeções possíveis e que as refutar, antes de se poder dizer seguro da doutrina. E, de mais a mais, isto tudo é em resposta a uma pergunta que você me fez...

— Está bem.

— No campo da adaptação material, dizia eu, há em todo o caso uma outra hipótese. É a da ditadura revolucionária.

— Da ditadura revolucionária como?

— Como eu lhe expliquei, não pode haver adaptação material a uma coisa que não existe, materialmente, ainda. Mas se, por um movimento brusco, se fizer a revolução social, fica implantada já, não a sociedade livre (porque para essa não pode a humanidade ter ainda preparação), mas uma ditadura daqueles que querem implantar a sociedade livre. Mas existe já, ainda que em esboço ou em começo, existe já *materialmente* qualquer

coisa da sociedade livre. Há já portanto uma coisa material, a que a humanidade se adapte. É este o argumento com que as bestas que defendem a "ditadura do proletariado" a defenderiam se fossem capazes de argumentar ou de pensar. O argumento, é claro, não é deles: é meu. Ponho-o, como objeção, a mim mesmo. E, como vou mostrar..., é falso.

Um regime revolucionário, enquanto existe, e seja qual for o fim a que visa ou a ideia que o conduz, é *materialmente* só uma coisa — um regime revolucionário. Ora, um regime revolucionário quer dizer uma ditadura de guerra, ou, nas verdadeiras palavras, um regime militar despótico, porque o estado de guerra é imposto à sociedade por uma parte dela — aquela parte que assumiu revolucionariamente o poder. O que é que resulta? Resulta que quem se adaptar a esse regime, como a única coisa que ele é *materialmente, imediatamente*, é um regime militar despótico, adapta-se a um regime militar despótico. A ideia, que conduziu os revolucionários, o fim, a que visaram, desapareceu por completo da *realidade* social, que é ocupada exclusivamente pelo fenômeno guerreiro. De modo que o que sai de uma ditadura revolucionária — e tanto mais completamente sairá, quanto mais tempo essa ditadura durar — é uma sociedade guerreira de tipo ditatorial, isto é, um despotismo militar. Nem mesmo podia ser outra coisa. E foi sempre assim. Eu não sei muita história, mas o que sei acerta com isto; nem podia deixar de acertar. O que saiu das agitações políticas de Roma? O Império Romano e o seu despotismo militar. O que saiu da Revolução Francesa? Napoleão e o seu despotismo militar. E você verá o que sai da Revolução Russa... Qualquer coisa que vai atrasar dezenas de anos a realização da sociedade livre... Também, o que era de esperar de um povo de analfabetos e de místicos?...

Enfim, isto já está fora da conversa... Você percebeu o meu argumento?

— Percebi perfeitamente.

— Você compreende portanto que eu cheguei a esta conclusão: Fim: a sociedade anarquista, a sociedade livre; meio: a passagem, *sem transição*, da sociedade burguesa para a sociedade livre. Esta passagem seria preparada e tornada possível por uma propaganda intensa, completa, absorvente, de modo a predispor todos os espíritos e enfraquecer todas as resistências. É claro que por "propaganda" não entendo só a pela palavra escrita e falada: entendo tudo, ação indireta ou direta, quanto pode predispor para a sociedade livre e enfraquecer a resistência à sua vinda. Assim, não tendo quase resistências nenhumas que vencer, a revolução social, quando viesse, seria rápida, fácil, e não teria que estabelecer nenhuma ditadura revolucionária, por não ter contra quem aplicá-la. Se isto não pode ser assim, é que o anarquismo é irrealizável; e, se o anarquismo é irrealizável, só é defensável e justa, como já lhe provei, a sociedade burguesa.

Ora, aí tem você por que e como eu me tornei anarquista, e por que e como rejeitei, como falsas e antinaturais, as outras doutrinas sociais de menor ousadia.

E pronto... Vamos lá a continuar a minha história.

Fez explodir um fósforo, e acendeu lentamente o charuto. Concentrou-se, e daí a pouco prosseguiu.

*

— Havia vários outros rapazes com as mesmas opiniões que eu. A maioria era de operários, mas havia um ou outro que o não era; o que todos éramos era pobres, e, que me lembre, não éramos muito estúpidos. A gente tinha uma certa vontade de se instruir, de saber coisas,

e ao mesmo tempo uma vontade de propaganda, de espalhar as nossas ideias. Queríamos para nós e para os outros — para a humanidade inteira — uma sociedade nova, livre destes preconceitos todos, que fazem os homens desiguais artificialmente e lhes impõem inferioridades, sofrimentos, estreitezas, que a Natureza lhes não tinha imposto! Por mim, o que eu lia confirmava-me nestas opiniões. Em livros libertários baratos — os que havia ao tempo, e eram já bastantes — li quase tudo. Fui a conferências e comícios dos propagandistas do tempo. Cada livro e cada discurso me convencia mais da certeza e da justiça das minhas ideias. O que eu pensava então — repito-lhe, meu amigo — é o que penso hoje; a única diferença é que então pensava-o só, e hoje penso-o e pratico-o.

— Pois sim; isso, até onde vai, está muito bem. Está muito certo que você se tornasse anarquista assim, e vejo perfeitamente que você era anarquista. Não preciso mais provas disso. O que eu quero saber é como é que daí saiu o banqueiro..., como é que saiu daí sem contradição... Isto é, mais ou menos já calculo...

— Não, não calcula nada... Eu sei o que você quer dizer... Você baseia-se nos argumentos que me acaba de ouvir, e julga que eu achei o anarquismo irrealizável e por isso, como lhe disse, só defensável e justa a sociedade burguesa — não é?

— Sim, calculei que fosse mais ou menos isso...

— Mas como o podia ser, se desde o princípio da conversa lhe tenho dito e repetido que *sou* anarquista, que não só o fui mas o continuo sendo? Se eu me tivesse tornado banqueiro e comerciante pela razão que você julga, eu não era anarquista, era burguês.

— Sim, você tem razão... Mas então com os diabos...? Vá lá, vá dizendo...

— Como lhe disse, eu era (fui sempre) mais ou menos lúcido, e também um homem de ação. Essas são qualidades naturais; não mas puseram no berço (se é que eu tive berço), eu é que as levei para lá. Pois bem. Sendo anarquista, eu achava insuportável ser anarquista só passivamente, só para ir ouvir discursos e falar nisso com os amigos. Não: era preciso fazer qualquer coisa! Era preciso trabalhar e lutar pela causa dos oprimidos e das vítimas das convenções sociais! Decidi meter ombros a isso, conforme pudesse. Pus-me a pensar como é que eu poderia ser útil à causa libertária. Pus-me a traçar o meu plano de ação.

O que quer o anarquista? A liberdade — a liberdade para si e para os outros, para a humanidade inteira. Quer estar livre da influência ou da pressão das ficções sociais; quer ser livre tal qual nasceu e apareceu no mundo, que é como em justiça deve ser; e quer essa liberdade para si e para todos os mais. Nem todos podem ser iguais perante a Natureza: uns nascem altos, outros baixos; uns fortes, outros fracos; uns mais inteligentes, outros menos... Mas todos podem ser iguais daí em diante; só as ficções sociais o evitam. Essas ficções sociais é que era preciso destruir.

Era preciso destruí-las... Mas não me escapou uma coisa, era preciso destruí-las *mas em proveito da liberdade*, e tendo sempre em vista a criação da sociedade livre. Porque isso de destruir as ficções sociais tanto pode ser para criar liberdade, ou preparar o caminho da liberdade, como para estabelecer outras ficções sociais diferentes, igualmente más porque igualmente ficções. Aqui é que era preciso cuidado. Era preciso acertar com um processo de ação, qualquer que fosse a sua violência ou a sua não violência (porque contra as injustiças sociais tudo era legítimo), pelo qual se contribuísse para destruir as ficções sociais sem, ao mesmo tempo, estor-

var a criação da liberdade futura; criando já mesmo, caso fosse possível, alguma coisa da liberdade futura.

É claro que esta liberdade, que deve haver cuidado em não estorvar, é a *liberdade futura* e, no presente, a *liberdade dos oprimidos pelas ficções sociais*. Claro está que não temos que olhar a não estorvar a "liberdade" dos poderosos, dos bem-situados, de todos que representam as ficções sociais e têm vantagem nelas. Essa não é liberdade; é a liberdade de tiranizar, que é o contrário da liberdade. Essa, pelo contrário, é o que mais devíamos pensar em estorvar e em combater. Parece-me que isto está claro...

— Está claríssimo. Continue...

— Para quem quer o anarquista a liberdade? Para a humanidade inteira. Qual é a maneira de conseguir a liberdade para a humanidade inteira? Destruir por completo todas as ficções sociais. Como se poderiam destruir por completo todas as ficções sociais? Já lhe antecipei a explicação, quando, por causa da sua pergunta, discuti os outros sistemas avançados e lhe expliquei como e por que era anarquista... Você lembra-se da minha conclusão?...

— Lembro...

— ...Uma revolução social súbita, brusca, esmagadora, fazendo a sociedade passar, de um salto, do regime burguês para a sociedade livre. Esta revolução social preparada por um trabalho intenso e contínuo, de ação direta e indireta, tendente a dispor todos os espíritos para a vinda da sociedade livre, e a enfraquecer até ao estado comatoso todas as resistências da burguesia. Escuso de lhe repetir as razões que levam inevitavelmente a esta conclusão, adentro do anarquismo; já lhas expus e você já as percebeu.

— Sim.

— Essa revolução seria preferivelmente mundial, simultânea em todos os pontos, ou os pontos importantes,

do mundo; ou, não sendo assim, partindo rapidamente de uns para outros, mas, em todo o caso, em cada ponto, isto é, em cada nação, fulminante e completa.

Muito bem. O que poderia *eu* fazer para esse fim? Só por mim, não a poderia fazer a ela, à revolução mundial, nem mesmo poderia fazer a revolução completa na parte referente ao país onde estava. O que eu podia era trabalhar, na inteira medida do meu esforço, para fazer a preparação para essa revolução. Já lhe expliquei como: combatendo, por todos os meios acessíveis, as ficções sociais; não estorvando nunca ao fazer esse combate ou a propaganda da sociedade livre, nem a liberdade futura, nem a liberdade presente dos oprimidos; criando já, sendo possível, qualquer coisa da futura liberdade.

Puxou fumo; fez uma leve pausa; recomeçou.

*

— Ora, aqui, meu amigo, pus eu a minha lucidez em ação. Trabalhar para o futuro, está bem, pensei eu; trabalhar para os outros terem liberdade, está certo. Mas então eu? Eu não sou ninguém? Se eu fosse cristão, trabalhava alegremente pelo futuro dos outros, porque lá tinha a minha recompensa no céu; mas também, se eu fosse cristão, não era anarquista, porque então as tais desigualdades sociais não tinham importância na nossa curta vida: eram só condições da nossa provação, e lá seriam compensadas na vida eterna. Mas eu não era cristão, como não sou, e perguntava-me: mas por quem é que eu me vou sacrificar nisto tudo? Mais ainda: *por que* é que eu me vou sacrificar?

Vieram-me momentos de descrença; e você compreende que era justificada... Sou materialista, pensava eu; não tenho mais vida que esta; para que hei-de ralar-me

com propagandas e desigualdades sociais, e outras histórias, quando posso gozar e entreter-me muito mais se não me preocupar com isso? Quem tem só esta vida, quem não crê na vida eterna, quem não admite lei senão a Natureza, quem se opõe ao Estado porque ele não é natural, ao casamento porque ele não é natural, ao dinheiro porque ele não é natural, a todas as ficções sociais porque elas não são naturais, por que carga de água é que defende o altruísmo e o sacrifício pelos outros, ou pela humanidade, se o altruísmo e o sacrifício também não são naturais? Sim, a mesma lógica que me mostra que um homem não nasce para ser casado, ou para ser português, ou para ser rico ou pobre, mostra-me também que ele não nasce para ser *solidário*, que ele não nasce senão para ser ele próprio, e portanto o contrário de altruísta e solidário, e portanto exclusivamente egoísta.

Eu discuti a situação comigo mesmo. Repara tu, dizia eu para mim, que nascemos pertencentes à espécie humana, e que temos o dever de ser solidários com todos os homens. Mas a ideia de "dever" era natural? De onde é que vinha esta ideia de "dever"? Se esta ideia de dever me obrigava a sacrificar o meu bem-estar, a minha comodidade, o meu instinto de conservação e outros meus instintos naturais, em que divergia a ação dessa ideia da ação de qualquer ficção social, que produz em nós exatamente o mesmo efeito?

Esta ideia de dever, isto de solidariedade humana, só podia considerar-se natural *se trouxesse consigo uma compensação egoísta*, porque então, embora em princípio contrariasse o egoísmo natural, se dava a esse egoísmo uma compensação, sempre, no fim de contas, o não contrariava. Sacrificar um prazer, simplesmente sacrificá-lo, não é natural; sacrificar um prazer a outro é que já está dentro da Natureza: é, entre duas coisas naturais

que se não podem ter ambas, escolher uma, o que está bem. Ora, que compensação egoísta, ou natural, podia dar-me a dedicação à causa da sociedade livre e da futura felicidade humana? Só a consciência do dever cumprido, do esforço para um fim bom; e nenhuma destas coisas é uma compensação egoísta, nenhuma destas coisas é um prazer em si, mas um prazer, se o é, nascido de uma ficção, como pode ser o prazer de ser imensamente rico, ou o prazer de ter nascido em uma boa posição social.

Confesso-lhe, meu velho, que me vieram momentos de descrença... Senti-me desleal à minha doutrina, traidor a ela... Mas em breve passei sobre tudo isto. A ideia de justiça cá estava, dentro de mim, pensei eu. Eu sentia-a natural. Eu sentia que havia um dever superior à preocupação só cá do meu destino. E fui para diante na minha intenção.

— Não me parece que essa decisão revelasse uma grande lucidez da sua parte... Você não resolveu a dificuldade... Você foi para diante por um impulso absolutamente sentimental...

— Sem dúvida. Mas o que lhe estou contando agora é a história de como me tornei anarquista, e de como o continuei sendo, e continuo. Vou-lhe expondo lealmente as hesitações e as dificuldades que tive, e como as venci. Concordo que, naquele momento, venci a dificuldade lógica com o sentimento, e não com o raciocínio. Mas você há de ver que, mais tarde, quando cheguei à plena compreensão da doutrina anarquista, esta dificuldade, até então logicamente sem resposta, teve a sua solução completa e absoluta.

— É curioso...

— É... Agora deixe-me continuar na minha história. Tive esta dificuldade, e resolvi-a, se bem que mal, como lhe disse. Logo a seguir, e na linha dos meus pensamentos,

surgiu-me outra dificuldade que também me atrapalhou bastante.

Estava bem — vamos lá — que estivesse disposto a sacrificar-me, sem recompensa nenhuma propriamente pessoal, isto é, sem recompensa nenhuma verdadeiramente *natural*. Mas suponhamos que a sociedade futura não dava em nada do que eu esperava, que nunca havia a sociedade livre, a que diabo é que eu, nesse caso, me estava sacrificando? Sacrificar-me a uma ideia sem recompensa pessoal, sem eu ganhar nada com o meu esforço por essa ideia, vá; mas sacrificar-me sem ao menos ter a certeza de que aquilo para que eu trabalhava existiria um dia, *sem que a própria ideia ganhasse com o meu esforço* — isso era um pouco mais forte... Desde já lhe digo que resolvi a dificuldade pelo mesmo processo sentimental por que resolvi a outra; mas advirto-o também que, no mesmo modo que a outra, resolvi esta pela lógica, automaticamente, quando cheguei ao estado plenamente consciente do meu anarquismo... Você depois verá... Na altura do que lhe estou contando, saí-me do apuro com uma ou duas frases ocas. "Eu fazia o meu dever para com o futuro; o futuro que fizesse o seu para comigo"... Isto, ou coisa que o valha...

Expus esta conclusão, ou, antes, estas conclusões, aos meus camaradas, e eles concordaram todos comigo; concordaram todos que era preciso ir pra frente e fazer tudo pela sociedade livre. É verdade que um ou outro, dos mais inteligentes, ficaram um pouco abalados com a exposição, não porque não concordassem, mas porque nunca tinham visto as coisas assim claras, nem os bicos que estas coisas têm... Mas enfim concordaram todos... Iríamos todos trabalhar pela grande revolução social, pela sociedade livre, quer o futuro nos justificasse, quer não! Formamos um grupo, entre gente

certa, e começamos uma grande propaganda — grande, é claro, dentro dos limites do que podíamos fazer. Durante bastante tempo, no meio de dificuldades, embrulhadas, e por vezes perseguições, lá fomos trabalhando pelo ideal anarquista.

O banqueiro, chegado aqui, fez uma pausa um pouco longa. Não acendeu o charuto, que estava outra vez apagado. De repente teve um leve sorriso, e, com o ar de quem chega ao ponto importante, fitou-me com mais insistência e prosseguiu, clarificando mais a voz e acentuando mais as palavras.

*

— Nesta altura — disse ele —, apareceu uma coisa nova. "Nesta altura" é modo de dizer. Quero dizer que, depois de alguns meses desta propaganda, comecei a reparar numa nova complicação, e esta é que era a mais séria de todas, esta é que era séria a valer...

Você recorda-se, não é verdade?, daquilo em que eu, por um raciocínio rigoroso, assentei que devia ser o processo de ação dos anarquistas... Um processo, ou processos quaisquer, pelo qual se contribuísse para destruir as ficções sociais sem, ao mesmo tempo, estorvar a criação da liberdade futura, sem, portanto, estorvar em coisa nenhuma a pouca liberdade dos atuais oprimidos pelas ficções sociais; um processo que, sendo possível, criasse já alguma coisa da liberdade futura...

Pois bem: uma vez assente este critério, nunca mais deixei de o ter presente... Ora, na altura da nossa propaganda em que lhe estou falando, descobri uma coisa. No grupo de propaganda — não éramos muitos; éramos uns quarenta, salvo erro — dava-se este caso: *criava-se tirania*.

— Criava-se tirania?... Criava-se tirania como?

— Da seguinte maneira... Uns mandavam em outros e levavam-nos para onde queriam; uns impunham-se a outros e obrigavam-nos a ser o que eles queriam; uns arrastavam outros por manhas e por artes para onde eles queriam. Não digo que fizessem isto em coisas graves; mesmo, não havia coisas graves ali em que o fizessem. Mas o fato é que isto acontecia sempre e todos os dias, e dava-se não só em assuntos relacionados com a propaganda, como fora deles, em assuntos vulgares da vida. Uns iam insensivelmente para chefes, outros insensivelmente para subordinados. Uns eram chefes por imposição; outros eram chefes por manha. No fato mais simples isto se via. Por exemplo: dois rapazes iam juntos por uma rua fora; chegavam ao fim da rua, e um tinha que ir para a direita e outro para esquerda; cada um tinha conveniência em ir para o seu lado. Mas o que ia para a esquerda dizia para o outro "Venha você comigo por aqui"; o outro respondia, e era verdade: "Homem, não posso; tenho que ir por ali" por esta ou aquela razão... Mas afinal, contra sua vontade e sua conveniência, lá ia com o outro para a esquerda... Isto era uma vez por persuasão, outra vez por simples insistência, uma terceira vez por um outro motivo qualquer assim... Isto é, nunca era por uma razão lógica; havia sempre nesta imposição e nesta subordinação qualquer coisa de espontâneo, de como que instintivo... E como neste caso simples, em todos os outros casos; desde os menos até aos mais importantes... Você vê bem o caso?

— Vejo. Mas que diabo há de estranho nisso? Isso é tudo quanto há de mais natural!...

— Será. Já vamos a isso. O que lhe peço que note é que é *exatamente o contrário da doutrina anarquista*. Repare bem que isto se passava num grupo pequeno, num grupo sem influência nem importância, num grupo a quem não

estava confiada a solução de nenhuma questão grave ou a decisão sobre qualquer assunto de vulto. E repare que se passava num grupo de gente que se unira especialmente para fazer o que pudesse para o fim anarquista — isto é, para combater, tanto quanto possível, as ficções sociais, e criar, tanto quanto possível, a liberdade futura. Você reparou bem nestes dois pontos?

— Reparei.

— Veja agora bem o que isso representa... Um grupo pequeno, de gente sincera (garanto-lhe que era sincera!), estabelecido e unido expressamente para trabalhar pela causa da liberdade, tinha, no fim de uns meses, conseguido só uma coisa de positivo e concreto — *a criação entre si de tirania*. E repare que tirania... Não era uma tirania derivada da ação das ficções sociais, que, embora lamentável, seria desculpável, até certo ponto, ainda que menos em nós, que combatíamos essas ficções, que em outras pessoas; mas enfim, vivíamos em meio de uma sociedade baseada nessas ficções e não era inteiramente culpa nossa se não pudéssemos de todo fugir à sua ação. Mas não era isso. Os que mandavam nos outros, ou os levavam para onde queriam, não faziam isso pela força do dinheiro, ou da posição social, ou de qualquer autoridade de natureza fictícia, que se arrogassem; faziam-no por uma ação de qualquer espécie fora das ficções sociais. Quer dizer, esta tirania era, relativamente às ficções sociais, *uma tirania nova*. E era uma tirania exercida sobre gente essencialmente oprimida já pelas ficções sociais. Era, ainda por cima, tirania exercida entre si por gente cujo intuito sincero não era senão destruir tirania e criar liberdade.

Agora ponha o caso num grupo muito maior, muito mais influente, tratando já de questões importantes e de decisões de caráter fundamental. Ponha esse grupo

a encaminhar os seus esforços, como o nosso, para a formação de uma sociedade livre. E agora diga-me se através desse carregamento de tiranias entrecruzadas você entrevê qualquer sociedade futura que se pareça com uma sociedade livre ou com uma humanidade digna de si própria...

— Sim: isso é muito curioso...

— É curioso, não é?... E olhe que há pontos secundários também muito curiosos... Por exemplo: a tirania do auxílio...

— A quê?

— A tirania do auxílio. Havia entre nós quem, em vez de mandar nos outros, em vez de se impor aos outros, pelo contrário os auxiliava em tudo quanto podia. Parece o contrário, não é verdade? Pois olhe que é o mesmo. É a mesma tirania nova. É do mesmo modo ir contra os princípios anarquistas.

— Essa é boa! Em quê?

— Auxiliar alguém, meu amigo, é tomar alguém por incapaz; se alguém não é incapaz, é ou fazê-lo tal, ou supô-lo tal, e isto é, no primeiro caso uma tirania, e no segundo um desprezo. Num caso cerceia-se a liberdade de outrem; no outro caso parte-se, pelo menos inconscientemente, do princípio de que outrem é desprezível e indigno ou incapaz de liberdade.

Voltemos ao nosso caso... Você vê bem que este ponto era gravíssimo. Vá que trabalhássemos pela sociedade futura sem esperarmos que ela nos agradecesse, ou arriscando-nos, mesmo, a que ela nunca viesse. Tudo isso, vá. Mas o que era de mais era estarmos trabalhando para um futuro de liberdade e não fazermos, de positivo, mais que criar tirania, e não só tirania, mas tirania nova, e tirania exercida por nós, os oprimidos, uns sobre os outros. Ora, isto é que não podia ser...

Pus-me a pensar. Aqui havia um erro, um desvio qualquer. Os nossos intuitos eram bons; as nossas doutrinas pareciam certas; seriam errados os nossos processos? Com certeza que deveriam ser. Mas onde diabo estava o erro? Pus-me a pensar nisso e ia dando em doido. Um dia, de repente, como acontece sempre nestas coisas, dei com a solução. Foi o grande dia das minhas teorias anarquistas: o dia em que descobri, por assim dizer, a técnica do anarquismo.

Olhou-me um momento sem me olhar. Depois continuou, no mesmo tom.

— Pensei assim... Temos aqui uma tirania nova, uma tirania que não é derivada das ficções sociais. Então de onde é ela derivada? Será derivada das qualidades naturais? Se é, adeus sociedade livre! Se uma sociedade onde estão em operação apenas as qualidades naturais dos homens — aquelas qualidades com que eles nascem, que devem só à Natureza, e sobre as quais não temos poder nenhum —, se uma sociedade onde estão em operação apenas essas qualidades é um amontoado de tiranias, quem é que vai mexer o dedo mínimo para contribuir para a vinda dessa sociedade? Tirania por tirania, fique a que está, que ao menos é aquela a que estamos habituados, e que por isso fatalmente sentimos menos que sentiríamos uma tirania nova, e com o caráter terrível de todas as coisas tirânicas que são diretamente da Natureza — o não haver revolta possível contra ela, como não há revolução contra ter que morrer, ou contra nascer baixo quando se preferia ter nascido alto. Mesmo eu já lhe provei que, se por qualquer razão não é realizável a sociedade anarquista, então deve existir, por ser mais natural que qualquer outra salvo aquela, a sociedade burguesa.

Mas seria esta tirania, que nascia assim entre nós, realmente derivada das qualidades naturais? Ora, o que

são as qualidades naturais? São o grau de inteligência, de imaginação, de vontade, etc., com que cada um nasce — isto no campo mental, é claro, porque as qualidades naturais físicas não vêm para o caso. Ora, um tipo que, sem ser por uma razão derivada das ficções sociais, manda noutro, por força que o faz por lhe ser superior em uma ou outra das qualidades naturais. Domina-o pelo emprego das suas qualidades naturais. Mas há uma coisa a ver: esse emprego das qualidades naturais será legítimo, isto é, será *natural*?

Ora, qual é o emprego natural das nossas qualidades naturais? O servir os fins naturais da nossa personalidade. Ora, dominar alguém será um fim natural da nossa personalidade? Pode sê-lo; há um caso em que pode sê-lo: é quando esse alguém está para nós num lugar de inimigo. Para o anarquista, é claro, quem está no lugar de inimigo é qualquer representante das ficções sociais e da sua tirania; mais ninguém, porque todos os outros homens são homens como ele e camaradas naturais. Ora, você bem vê, o caso da tirania que tínhamos estado criando entre nós não era este; a tirania, que tínhamos estado criando, era exercida sobre homens como nós, camaradas naturais, e, mais ainda, sobre homens duas vezes nossos camaradas, porque o eram também pela comunhão no mesmo ideal. Conclusão: esta nossa tirania, se não era derivada das ficções sociais, também não era derivada das qualidades naturais; era derivada de uma aplicação errada, de uma perversão, das qualidades naturais. E essa perversão, de onde é que provinha?

Tinha que provir de uma de duas coisas: ou de o homem ser naturalmente mau, e portanto todas as qualidades naturais serem *naturalmente pervertidas*; ou de uma perversão resultante da longa permanência da humanidade numa atmosfera de ficções sociais, todas elas

criadoras de tirania, e tendente, portanto, a tornar já instintivamente tirânico o uso mais natural das qualidades mais naturais. Ora, destas duas hipóteses, qual é que seria a verdadeira? De um modo satisfatório — isto é, rigorosamente lógico ou científico — era impossível determinar. O raciocínio não pode entrar com o problema, porque ele é de ordem histórica, ou científica, e depende do conhecimento de *fatos*. Por seu lado, a ciência também nos não ajuda, porque, por mais longe que recuemos na história, encontramos sempre o homem vivendo sob um ou outro sistema de tirania social, e portanto sempre num estado que nos não permite averiguar como é o homem quando vive em circunstâncias pura e inteiramente naturais. Não havendo maneira de determinar ao certo, temos que pender para o lado da maior probabilidade; e a maior probabilidade está na segunda hipótese. É mais natural supor que a longuíssima permanência da humanidade em ficções sociais criadoras de tirania faça cada homem nascer já com as suas qualidades naturais pervertidas no sentido de tiranizar espontaneamente, mesmo em quem não pretenda tiranizar, do que supor que qualidades naturais podem ser naturalmente pervertidas, o que, de certo modo, representa uma contradição. Por isso o pensador decide-se, como eu me decidi, com uma quase absoluta segurança, pela segunda hipótese.

Temos, pois, que uma coisa é evidente... No estado social presente não é possível um grupo de homens, por bem-intencionados que estejam todos, por preocupados que estejam todos só em combater as ficções sociais e em trabalhar pela liberdade, trabalharem juntos sem que espontaneamente criem entre si tirania, sem criar entre si uma tirania nova, suplementar à das ficções sociais, sem destruir na prática tudo quanto querem na teoria, sem involuntariamente estorvar o mais possível

o próprio intuito que querem promover. O que há a fazer? É muito simples... É trabalharmos todos para o mesmo fim, *mas separados.*
— Separados?!
— Sim. Você não seguiu o meu argumento?
— Segui.
— E não acha lógica, não acha fatal esta conclusão?
— Acho, sim, acho... O que não vejo bem é como isso...
— Já vou esclarecer... Disse eu: trabalharmos todos para o mesmo fim, mas separados. Trabalhando todos para o mesmo fim anarquista, cada um contribui com o seu esforço para a destruição das ficções sociais, que é para onde o dirige, e para a criação da sociedade livre do futuro; e trabalhando separados não podemos, *de modo nenhum,* criar tirania nova, porque nenhum tem ação sobre outro, e não pode portanto nem, dominando-o, diminuir-lhe a liberdade, nem, auxiliando-o, apagar-lha.

Trabalhando assim separados e para o mesmo fim anarquista, temos as duas vantagens — a do esforço conjunto, e a da não criação de tirania nova. Continuamos unidos, porque o estamos moralmente e trabalhamos do mesmo modo para o mesmo fim; continuamos anarquistas, porque cada um trabalha para a sociedade livre; mas deixamos de ser traidores, voluntários ou involuntários, à nossa causa, deixamos mesmo de poder sê-lo, porque nos colocamos, pelo trabalho anarquista isolado, fora da influência deletéria das ficções sociais, no seu reflexo hereditário sobre as qualidades que a Natureza deu.

É claro que toda esta tática se aplica ao que eu chamei o *período de preparação* para a revolução social. Arruinadas as defesas burguesas, e reduzida a sociedade inteira ao estado de aceitação das doutrinas anarquistas, faltando só fazer a revolução social, então, para o golpe

final, é que não pode continuar a ação separada. Mas, nessa altura, já a sociedade livre estará virtualmente chegada; já as coisas serão de outra maneira. A tática a que me refiro só diz respeito à ação anarquista em meio da sociedade burguesa, como agora, como no grupo a que eu pertencia.

Era esse — até que enfim! — o verdadeiro processo anarquista. Juntos, nada valíamos, que importasse, e, ainda por cima, nos tiranizávamos, e nos estorvávamos uns aos outros e às nossas teorias. Separados, pouco também conseguiríamos, mas ao menos não estorvávamos a liberdade, não criávamos tirania nova; o que conseguíamos, pouco que fosse, era realmente conseguido, sem desvantagem nem perda. E, de mais a mais, trabalhando assim separados, aprendíamos a confiar mais em nós mesmos, a não nos encostarmos uns aos outros, a tornarmo-nos mais livres já, a prepararmo-nos, tanto pessoalmente, como aos outros pelo nosso exemplo, para o futuro.

Fiquei radiante com esta descoberta. Fui logo expô-la aos meus camaradas... Foi uma das poucas vezes em que fui estúpido na minha vida. Imagine você que eu estava tão cheio da minha descoberta que esperava que eles concordassem!...

— Não concordaram, é claro...

— Repontaram, meu amigo, repontaram todos! Uns mais, outros menos, tudo protestou!... Não era isso!... Isso não podia ser!... Mas ninguém dizia o que era ou o que é que havia de ser. Argumentei e argumentei, e, em resposta aos meus argumentos, não obtive senão frases, lixo, coisas como essas que os ministros respondem nas câmaras quando não têm resposta nenhuma... Então é que eu vi com que bestas e com que covardões estava metido! Desmascararam-se. Aquela corja tinha nascido para escravos. Queriam ser anarquistas à custa alheia.

Queriam a liberdade, logo que fossem os outros que lha arranjassem, logo que lhes fosse dada como um rei dá um título! Quase todos eles são assim, os grandes lacaios!
— E você, escamou-se?
— Se me escamei! Enfureci-me! Pus-me aos coices. Dei por paus e por pedras. Quase que me peguei com dois ou três deles. E acabei por me vir embora. Isolei-me. Veio-me um nojo àquela carneirada toda, que você não imagina! Quase que descri do anarquismo. Quase que decidi não me importar mais com tudo aquilo. Mas, passados uns dias, voltei a mim. Pensei que o ideal anarquista estava acima destas quezílias. Eles não queriam ser anarquistas? Sê-lo-ia eu. Eles queriam só brincar aos libertários? Não estava eu para brincar num caso desses. Eles não tinham força para combater senão encostados uns aos outros, e criando, entre si, um simulacro novo da tirania que diziam querer combater? Pois que o fizessem, os parvos, se não serviam para mais. Eu é que não ia ser burguês por tão pouco.

Estava estabelecido que, no verdadeiro anarquismo, cada um tem que, por suas próprias forças, criar liberdade e combater as ficções sociais. Pois por minhas próprias forças eu ia criar liberdade e combater as ficções sociais. Ninguém queria seguir-me no verdadeiro caminho anarquista? Seguiria *eu* por ele. Iria eu só, com os meus recursos, com a minha fé, desacompanhado até do apoio mental dos que tinham sido meus camaradas, contra as ficções sociais inteiras. Não digo que fosse um belo gesto, nem um gesto heroico. Foi simplesmente um gesto natural. Se o caminho tinha que ser seguido por cada um separadamente, eu não precisava de mais ninguém para o seguir. Bastava o meu ideal. Foi baseado nestes princípios e nestas circunstâncias que decidi, por mim só, combater as ficções sociais.

Suspendeu um pouco o discurso, que se lhe tornara quente e fluido. Retomou-o dali a pouco, com a voz já mais sossegada.

*

— É um estado de guerra, pensei eu, entre mim e as ficções sociais. Muito bem. O que posso eu fazer contra as ficções sociais? Trabalho sozinho, para não poder, de modo nenhum, criar qualquer tirania. Como posso eu colaborar sozinho na preparação da revolução social, na preparação da humanidade para a sociedade livre? Tenho que escolher um de dois processos, dos dois processos que há; caso, é claro, não possa servir-me de ambos. Os dois processos são a ação indireta, isto é, a propaganda, e a ação direta, de qualquer espécie.

Pensei primeiro na ação indireta, isto é, na propaganda. Que propaganda poderia eu fazer só por mim? À parte esta propaganda que sempre se vai fazendo em conversa, com este ou aquele, ao acaso e servindo-nos de todas as oportunidades, o que eu queria saber era se a ação indireta era um caminho por onde eu pudesse encaminhar a minha atividade de anarquista energicamente, isto é, de modo a produzir resultados sensíveis. Vi logo que não podia ser. Não sou orador e não sou escritor. Quero dizer: sou capaz de falar em público, se for preciso, e sou capaz de escrever um artigo de jornal; mas o que eu queria averiguar era se o meu feitio natural indicava que, especializando-me na ação indireta, de qualquer das duas espécies ou em ambas, eu poderia obter resultados *mais positivos* para a ideia anarquista que especializando os meus esforços em qualquer outro sentido. Ora, a ação é sempre mais proveitosa que a propaganda, exceto para os indivíduos cujo feitio os indica essencialmente como

propagandistas — os grandes oradores, capazes de eletrizar multidões e arrastá-las atrás de si, ou os grandes escritores, capazes de fascinar e convencer com os seus livros. Não me parece que eu seja muito vaidoso, mas, se o sou, não me dá, pelo menos, para me envaidecer daquelas qualidades que não tenho. E, como lhe disse, nunca me deu para me julgar orador ou escritor. Por isso abandonei a ideia da ação indireta como caminho a dar à minha atividade de anarquista. Por exclusão de partes, era forçado a escolher a ação direta, isto é, o esforço aplicado à prática da vida, à vida real. Não era a inteligência, mas a ação. Muito bem. Assim seria.

Tinha eu pois que aplicar à vida prática o processo fundamental de ação anarquista que eu já tinha esclarecido — combater as ficções sociais sem criar tirania nova, criando já, caso fosse possível, qualquer coisa da liberdade futura. Ora, como diabo se faz isso na prática?

Ora, o que é combater na prática? Combater na prática é a guerra, é *uma* guerra, pelo menos. Como é que se faz guerra às ficções sociais? Antes de mais nada, como é que se faz guerra? Como é que se vence o inimigo em qualquer guerra? De uma de duas maneiras: ou matando-o, isto é, destruindo-o; ou aprisionando-o, isto é, subjugando-o, reduzindo-o à inatividade. *Destruir* as ficções sociais não podia eu fazer; *destruir* as ficções sociais só o podia fazer a revolução social. Até ali, as ficções sociais podiam estar abaladas, cambaleando, por um fio; mas *destruídas*, só o estariam com a vinda da sociedade livre e a queda positiva da sociedade burguesa. O mais que eu poderia fazer nesse sentido era destruir — destruir no sentido físico de matar — um ou outro membro das classes representativas da sociedade burguesa. Estudei o caso, e vi que era asneira. Suponha você que eu matava um ou dois, ou uma dúzia de representantes da tirania

das ficções sociais... O resultado? As ficções sociais ficavam mais abaladas? Não ficavam. As ficções sociais não são como uma situação política que pode depender de um pequeno número de homens, de um só homem por vezes. O que há de mau nas ficções sociais são elas, no seu conjunto, e não os indivíduos que as representam senão por serem representantes delas. Depois, um atentado de ordem social produz sempre uma reação; não só tudo fica na mesma, mas, as mais das vezes, piora. E, ainda por cima, suponha, como é natural, que, depois de um atentado, eu era caçado; era caçado e liquidado, de uma maneira ou outra. E suponha que eu tinha dado cabo de uma dúzia de capitalistas. Em que vinha isso tudo dar, em resumo? Com a minha liquidação, ainda que não por morte, mas por simples prisão ou degredo, a causa anarquista perdia um elemento de combate; e os doze capitalistas, que eu teria estendido, não eram doze elementos que a sociedade burguesa tinha perdido, porque os elementos componentes da sociedade burguesa não são elementos de combate, mas elementos puramente passivos, pois que o "combate" está, não nos membros da sociedade burguesa, mas no conjunto de ficções sociais, em que essa sociedade assenta. Ora, as ficções sociais não são gente, em quem se possa dar tiros... Você compreende bem? Não era como o soldado de um exército que mata doze soldados de um exército contrário; era como um soldado que mata doze civis da nação do outro exército. É matar estupidamente, porque não se elimina combatente nenhum... Eu não podia portanto pensar em *destruir*, nem no todo nem em nenhuma parte, as ficções sociais. Tinha então que subjugá-las, que vencê-las subjugando-as, reduzindo-as à inatividade.

 Apontou para mim o indicador direito súbito.

 — Foi o que eu fiz! Retirou logo o gesto, e continuou.

— Procurei ver qual era a primeira, a mais importante, das ficções sociais. Seria a essa que me cumpria, mais que a nenhuma outra, tentar subjugar, tentar reduzir à inatividade. A mais importante, da nossa época pelo menos, é o dinheiro. Como subjugar o dinheiro, ou, em palavras mais precisas, a força, ou a tirania do dinheiro? Tornando-me livre da sua influência, da sua força, superior portanto à sua influência, reduzindo-o à inatividade pelo que me dizia respeito a mim. Pelo que me dizia respeito *a mim*, compreende você?, porque *eu* é que o combatia; se fosse reduzi-lo à inatividade pelo que respeita a toda a gente, isso não seria já subjugá-lo, mas *destruí-lo*, porque seria acabar de todo com a ficção dinheiro. Ora, eu já lhe provei que qualquer ficção social só pode ser "destruída" pela revolução social, arrastada com as outras na queda da sociedade burguesa.

Como podia eu tornar-me superior à força do dinheiro? O processo mais simples era afastar-me da esfera da sua influência, isto é, da civilização; ir para um campo comer raízes e beber água das nascentes; andar nu e viver como um animal. Mas isto, mesmo que não houvesse dificuldade em fazê-lo, não era combater uma ficção social; não era mesmo combater: era fugir. Realmente, quem se esquiva a travar um combate não é derrotado nele. Mas moralmente é derrotado, porque não se bateu. O processo tinha que ser outro — um processo de combate e não de fuga. Como subjugar o dinheiro, combatendo-o? Como furtar-me à sua influência e tirania, não evitando o seu encontro? O processo era só um — *adquiri-lo*, adquiri-lo em quantidade bastante para lhe não sentir a influência; e em quanto mais quantidade o adquirisse, tanto mais livre eu estaria dessa influência. Foi quando vi isto claramente, com toda a força da minha convicção de anarquista, e toda a minha lógica

de homem lúcido, que entrei na fase atual — a comercial e bancária, meu amigo — do meu anarquismo.

Descansou um momento da violência, novamente crescente, do seu entusiasmo pela sua exposição. Depois continuou, ainda com um certo calor, a sua narrativa.

— Ora, você lembra-se daquelas duas dificuldades lógicas que eu lhe disse que me haviam surgido no princípio da minha carreira de anarquista consciente?... E você lembra-se de eu lhe dizer que naquela altura as resolvi artificialmente, pelo sentimento e não pela lógica? Isto é, você mesmo notou, e muito bem, que eu não as tinha resolvido pela lógica...

— Lembro-me, sim...

— E você lembra-se de eu lhe dizer que mais tarde, quando acertei por fim com o verdadeiro processo anarquista, as resolvi então de vez, isto é, pela lógica?

— Sim.

— Ora, veja como ficaram resolvidas... As dificuldades eram estas: não é *natural* trabalhar por qualquer coisa, seja o que for, sem uma compensação *natural*, isto é, egoísta; e não é *natural* dar o nosso esforço a qualquer fim sem ter a compensação de saber *que esse fim se atinge.* As duas dificuldades eram estas; ora, repare como ficam resolvidas pelo processo de trabalho anarquista que o meu raciocínio me levou a descobrir como sendo o único verdadeiro... O processo dá em resultado eu enriquecer; *portanto, compensação egoísta.* O processo visa ao conseguimento da liberdade; ora, eu, tornando-me superior à força do dinheiro, isto é, libertando-me dela, *consigo liberdade.* Consigo liberdade só para mim, é certo; mas é que, como já lhe provei, a liberdade para todos só pode vir com a destruição das ficções sociais, pela revolução social, e eu, só por mim, não posso fazer a revolução social. O ponto concreto é este: viso liberdade, consigo liberdade: con-

sigo a liberdade que posso, porque, é claro, não posso conseguir a que não posso... E veja você: à parte o raciocínio que determina este processo anarquista como o único verdadeiro, o fato que ele resolve automaticamente as dificuldades lógicas, que se podem opor a qualquer processo anarquista, mais prova que ele é o verdadeiro.

Pois foi este o processo que eu segui. Meti ombros à empresa de subjugar a ficção dinheiro, enriquecendo. Consegui. Levou um certo tempo, porque a luta foi grande, mas consegui. Escuso de lhe contar o que foi e o que tem sido a minha vida comercial e bancária. Podia ser interessante, em certos pontos sobretudo, mas já não pertence ao assunto. Trabalhei, lutei, ganhei dinheiro; trabalhei mais, lutei mais, ganhei mais dinheiro; ganhei muito dinheiro por fim. Não olhei a processos — confesso-lhe, meu amigo, que não olhei a processos; empreguei tudo quanto há — o açambarcamento, o sofisma financeiro, a própria concorrência desleal. O quê?! Eu combatia as ficções sociais, imorais e antinaturais por excelência, e havia de olhar a processos?! Eu trabalhava pela liberdade, e havia de olhar às armas com que combatia a tirania?! O anarquista estúpido, que atira bombas e dá tiros, bem sabe que mata, e bem sabe que as suas doutrinas não incluem a pena de morte. Ataca uma imoralidade com um crime, porque acha que essa imoralidade vale um crime para se destruir. Ele é estúpido quanto ao processo, porque, como já lhe mostrei, esse processo é errado e contraproducente *como processo anarquista*; agora quanto à *moral* do processo ele é inteligente. Ora, o meu processo estava certo, e eu servia-me legitimamente, como anarquista, de todos os meios para enriquecer. Hoje realizei o meu limitado sonho de anarquista prático e lúcido. Sou livre. Faço o que quero, dentro, é claro, do que é possível fazer. O meu lema de

anarquista era a liberdade; pois bem, tenho a liberdade, a liberdade que, por enquanto, na nossa sociedade imperfeita, é possível ter. Quis combater as forças sociais; combati-as, e, o que é mais, venci-as.

– Alto lá! alto lá! — disse eu. — Isso estará tudo muito bem, mas há uma coisa que você não viu. As condições do seu processo eram, como você provou, não só criar liberdade, mas também *não criar tirania*. Ora, você criou tirania. Você como açambarcador, como banqueiro, como financeiro sem escrúpulos — você desculpe, mas você é que o disse —, você criou tirania. Você criou tanta tirania como qualquer outro representante das ficções sociais, que você diz que combate.

– Não, meu velho, você engana-se. Eu não criei tirania. A tirania, que pode ter resultado da minha ação de combate contra as ficções sociais, é uma tirania que não parte de mim, que portanto eu não criei; *está nas ficções sociais, eu não a juntei a elas*. Essa tirania é a *própria tirania das ficções sociais*; e eu não podia, nem me propus, *destruir* as ficções sociais. Pela centésima vez lhe repito: só a revolução social pode *destruir* as ficções sociais; antes disso, a ação anarquista perfeita, como a minha, só pode *subjugar* as ficções sociais, subjugá-las em relação só ao anarquista que põe esse processo em prática, porque esse processo não permite uma mais larga sujeição dessas ficções. Não é de não criar tirania que se trata: é de não criar *tirania nova*, tirania *onde não estava*. Os anarquistas, trabalhando em conjunto, influenciando-se uns aos outros como eu lhe disse, criam *entre si*, fora e à parte das ficções sociais, uma tirania; *essa* é que é uma tirania nova. Essa, eu não a criei. Não a podia mesmo criar, *pelas próprias condições do meu processo*. Não, meu amigo; eu só criei liberdade. Libertei um. Libertei-me a *mim*. É que o meu processo, que é, como lhe provei, o único

verdadeiro processo anarquista, me não permitiu libertar mais. O que pude libertar, libertei.

— Está bem... Concordo... Mas olhe que, por esse argumento, a gente quase que é levada a crer que nenhum representante das ficções sociais exerce tirania...

— E não exerce. A tirania é das ficções sociais e não dos homens que as encarnam; esses são, por assim dizer, *os meios* de que as ficções se servem para tiranizar, como a faca é o meio de que se pode servir o assassino. E você decerto não julga que abolindo as facas abole os assassinos... Olhe... Destrua você *todos* os capitalistas do mundo, mas *sem destruir o capital*... No dia seguinte o capital, já nas mãos de outros, continuará, por meio *desses*, a sua tirania. Destrua, não os capitalistas, mas o capital; quantos capitalistas ficam?... Vê?...

— Sim; você tem razão.

— Ó filho, o máximo, o máximo, o máximo que você me pode acusar de fazer é de aumentar um pouco — muito, muito pouco — a tirania das ficções sociais. O argumento é absurdo, porque, como já lhe disse, a tirania que eu não devia criar, e não criei, é outra. Mas tem mais um ponto fraco: é que, pelo mesmo raciocínio, você pode acusar um general, que trava combate pelo seu país, de causar ao seu país o prejuízo do número de homens *do seu próprio exército* que teve de sacrificar para vencer. Quem vai à guerra dá e leva. Consiga-se o principal; o resto...

— Está muito bem... Mas olhe lá outra coisa... O verdadeiro anarquista quer a liberdade não só para si, mas também para os outros... Parece-me que quer a liberdade para a humanidade inteira...

— Sem dúvida. Mas eu já lhe disse que, pelo processo que descobri que era o único processo anarquista, cada um tem de libertar-se a si próprio. Eu libertei-me a mim; fiz o meu dever simultaneamente para comigo e para

com a liberdade. Por que é que os outros, os meus camaradas, não fizeram o mesmo? Eu não os impedi. Esse é que teria sido o crime, se eu os tivesse impedido. Mas eu nem sequer os impedi ocultando-lhes o verdadeiro processo anarquista; logo que descobri o processo, disse-o claramente a todos. O próprio processo me impedia de fazer mais. Que mais podia fazer? Compeli-los a seguir o caminho? Mesmo que o pudesse fazer, não o faria, porque seria tirar-lhes a liberdade, e isso era contra os meus princípios anarquistas. Auxiliá-los? Também não podia ser, pela mesma razão. Eu nunca ajudei, nem ajudo, ninguém, porque isso, sendo diminuir a liberdade alheia, é também contra os meus princípios. Você o que me está censurando é eu não ser mais gente que uma pessoa só. Por que me censura o cumprimento do meu dever de libertar, até onde eu o podia cumprir? Por que não os censura antes a eles por não terem cumprido o deles?

— Pois sim, homem. Mas esses homens não fizeram o que você fez, naturalmente, porque eram menos inteligentes que você, ou menos fortes de vontade, ou...

— Ah, meu amigo: essas são já as desigualdades naturais, e não as sociais... Com essas é que o anarquismo não tem nada. O grau de inteligência ou de vontade de um indivíduo é com ele e com a Natureza; as próprias ficções sociais não põem para aí nem prego nem estopa. Há qualidades naturais, como eu já lhe disse, que se pode presumir que sejam pervertidas pela longa permanência da humanidade entre ficções sociais; mas a perversão não está no *grau* da qualidade, que é absolutamente dado pela Natureza, mas na *aplicação* da qualidade. Ora, uma questão de estupidez ou de falta de vontade não tem que ver com a aplicação dessas qualidades, mas só com o grau delas. Por isso lhe digo: essas são já absolutamente as desigualdades naturais, e sobre essas ninguém tem poder

nenhum, nem há modificação social que as modifique, como não me pode tornar a mim alto ou a você baixo...

A não ser... A não ser que, no caso desses tipos, a perversão hereditária das qualidades naturais vá tão longe que atinja o próprio fundo do temperamento... Sim, que um tipo nasça para escravo, nasça naturalmente escravo, e portanto incapaz de qualquer esforço no sentido de se libertar... Mas nesse caso..., nesse caso..., que tem ele que ver com a sociedade livre, ou com a liberdade?... Se um homem nasceu para escravo, a liberdade, sendo contrária à sua índole, será para ele uma tirania.

Houve uma pequena pausa. De repente ri alto.

— Realmente — disse eu —, você é anarquista. Em todo o caso, dá vontade de rir, mesmo depois de o ter ouvido, comparar o que você é com o que são os anarquistas que pr'aí há...

— Meu amigo, eu já lho disse, já lho provei, e agora repito-lho... A diferença é só esta: eles são anarquistas só teóricos, eu sou teórico e prático; eles são anarquistas místicos, e eu científico; eles são anarquistas que se agacham, eu sou um anarquista que combate e liberta... Em uma palavra: eles são pseudoanarquistas, e eu sou anarquista.

E levantamo-nos da mesa.

Lisboa, janeiro de 1922.

Um grande português
ou A origem do conto do vigário

Vivia, há já não poucos anos, algures num concelho do Ribatejo, um pequeno lavrador, e negociante de gado, chamado Manuel Peres Vigário.

Da sua *qualidade*, como diriam os psicólogos práticos, falará o bastante a circunstância que dá princípio a esta narrativa.

Chegou uma vez ao pé dele certo fabricante ilegal de notas falsas, e disse-lhe: "Senhor Vigário, tenho aqui umas notazinhas de 100 mil réis que me falta passar. O senhor quer? Largo-lhas por 20 mil réis cada uma". "Deixa ver", disse o Vigário; e depois, reparando logo que eram imperfeitíssimas, rejeitou-as: "Para que quero eu isso?", disse; "isso nem a cegos se passa". O outro, porém, insistiu; Vigário cedeu um pouco, regateando; por fim fez-se negócio de vinte notas, a 10 mil réis cada uma.

Sucedeu que dali a dias tinha o Vigário que pagar a uns irmãos, negociantes de gado como ele, a diferença de uma conta, no valor certo de 1 conto de réis. No primeiro dia da feira, em a qual se deveria efetuar o pagamento, estavam os dois irmãos jantando numa taberna escura da localidade, quando surgiu pela porta, cambaleante de bêbado, o Manuel Peres Vigário. Sentou-se à mesa deles, e pediu vinho. Daí a um tempo, depois de vária conversa, pouco inteligível da sua parte, lembrou que tinha que

pagar-lhes. E, puxando da carteira, perguntou-se se importavam de receber tudo em notas de 50 mil réis. Eles disseram que não; e, como a carteira nesse momento se entreabrisse, o mais vigilante dos dois chamou, com um olhar rápido, a atenção do irmão para as notas, que se via que eram de 100.

Houve então a troca de outro olhar.

O Manuel Peres, com lentidão, contou tremulamente vinte notas, que entregou. Um dos irmãos guardou-as logo, tendo-as visto contar, nem se perdeu em olhar mais para elas. O Vigário continuou a conversar, e, várias vezes, pediu e bebeu mais vinho. Depois, por natural efeito da bebedeira progressiva, disse que queria ter um recibo. Não era uso, mas nenhum dos irmãos fez questão. Ditava ele o recibo, disse, pois queria as coisas todas certas. E ditou o recibo — um recibo de bêbado, redundante e absurdo: de como em tal dia, a tais horas, na taberna de fulano, "estando nós a jantar" (e por ali fora com toda a prolixidade frouxa do bêbado...), tinham eles recebido de Manuel Peres Vigário, do lugar de qualquer coisa, em pagamento de não sei quê, a quantia de 1 conto de réis em notas de 50 mil réis. O recibo foi datado, foi selado, foi assinado. O Vigário meteu-o na carteira, demorou-se mais um pouco, bebeu ainda mais vinho, e daí a um tempo foi-se embora.

Quando, no próprio dia ou no outro, houve ocasião de se trocar a primeira nota, o que ia a recebê-la devolveu-a logo, por escarradamente falsa, e o mesmo fez à segunda e à terceira... E os irmãos, olhando então verdadeiramente para as notas, viram que nem a cegos se poderiam passar.

Queixaram-se à polícia, e foi chamado o Manuel Peres, que, ouvindo atônito o caso, ergueu as mãos ao céu em graças da bebedeira providencial que o havia colhido

no dia do pagamento. Sem isso, disse, talvez, embora inocente, estivesse perdido.

Se não fosse ela, explicou, nem pediria recibo, nem com certeza o pediria como aquele que tinha, e apresentou, assinado pelos dois irmãos, e que provava bem que tinha feito o pagamento em notas de 50 mil réis. "E se eu tivesse pago em notas de 100", rematou o Vigário, "nem eu estava tão bêbado que pagasse vinte, como estes senhores dizem que têm, nem muito menos eles, que são homens honrados, mas receberiam". E, como era de justiça, foi mandado em paz.

O caso, porém, não pôde ficar secreto; pouco a pouco se espalhou. E a história do "conto de réis do Manuel Vigário" passou, abreviada em "o conto do Vigário", para a imortalidade quotidiana, esquecida já da sua admirável origem.

Os imperfeitíssimos imitadores, pessoais como políticos, do Mestre ribatejano nunca chegaram, que eu saiba, a qualquer simulacro digno do estratagema exemplar. Por isso é com ternura que relembro o feito deste grande português, e me figuro, em devaneio, que, se há um céu para os hábeis, como constou que o havia para os bons, ali lhe não deve ter faltado o acolhimento dos próprios grandes mestres da Realidade — nem um leve brilho de olhos de Machiavelli ou Guicciardini, nem um sorriso momentâneo de George Savile, Marquês de Halifax.

O automóvel ia desaparecendo

Eu explico como foi (disse o homem triste que estava com uma cara alegre), eu explico como foi...

Quando tenho um automóvel, limpo-o. Limpo-o por diversas razões: para me divertir, para fazer exercícios, para ele não ficar sujo.

O ano passado comprei um carro muito azul. Também limpava esse carro. Mas, cada vez que o limpava, ele teimava em se ir embora. O azul ia empalidecendo, e eu e a camurça é que ficávamos azuis. Não riam... A camurça ficava realmente azul: o meu carro ia passando para a camurça. Afinal, pensei, não estou limpando este carro: estou-o desfazendo.

Antes de acabar um ano, o meu carro estava metal puro: não era um carro, era uma anemia. O azul tinha passado para a camurça. Mas eu não achava graça a essa transfusão de sangue azul.

Vi que tinha que pintar o carro de novo.

Foi então que decidi orientar-me um pouco sobre esta questão dos esmaltes. Um carro pode ser muito bonito, mas, se o esmalte com que está pintado tiver tendências para a emigração, o carro poderá servir, mas a pintura é que não serve. A pintura deve estar pegada, como o cabelo, e não sujeita a uma liberdade repentina, como um chinó. Ora, o meu carro tinha um esmalte chinó, que saía quando se empurrava.

Pensei eu: quem será o amigo mais apto a servir-me de empenho para um esmalte respeitável? Lembrei-me que deveria ser o Bastos, lavador de automóveis com uma Caneças de duas portas nas Avenidas Novas. Ele passa a vida a esfregar automóveis, e deve portanto saber o que vale a pena esfregar.

Procurei-o e disse-lhe: "Bastos amigo, quero pintar o meu carro de gente. Quero pintá-lo de um esmalte que fique lá, com um esmalte fiel e indivorciável. Com que esmalte é que o hei de pintar?".

"Com BERRYLOID", respondeu o Bastos, "e só uma criatura muito ignorante é que tem a necessidade de me vir aqui maçar com uma pergunta a que responderia do mesmo modo o primeiro *chauffeur* que soubesse a diferença entre um automóvel e uma lata de sardinhas".

"Perfeitamente…"

"Com que é que você quer pintar um carro", continuou o Bastos sem me ligar importância, "senão com um esmalte que seja ao mesmo tempo brilhante e permanente? E, ainda por cima, fácil de aplicar… Isto do fácil de aplicar é comigo, mas é uma virtude, e as virtudes citam-se… Vá-se embora!…"

"Bom…", disse eu.

"Isto de esmaltes de nitrocelulose", prosseguiu o Bastos, dando-me um encontrão, "não é um assunto de mercearia a retalho. Tem uma coisa maçadora a que se chama ciência. Sabe o que é? Mas é maçadora para quem prepara as coisas; para nós, que as recebemos preparadas para as aplicarmos, é um alívio e uma alegria. Este BERRYLOID é o produto de longos cuidados feito no primeiro laboratório de tintas, lacas e vernizes. Percebeu? Não é o primeiro produto do gênero que apareceu, porque o ser primeiro está bem se se trata de estar numa bicha, mas não se se trata de tintas ou de coisas que metem

estudo e provas. Não: nas tintas e na prática, a última palavra é que é a primeira".

"Meu caro Bastos...", disse eu.

"Só BERRYLOID", respondeu o Bastos, virando-me as costas.

"Eu queria agradecer...", prossegui.

"Traga o carro", disse o Bastos.

Levei-lhe o carro e ele pintou-o a BERRYLOID. E não há camurça, nem chuva, nem poeira da pior estrada, que consiga envergonhar esse esmalte de aço. Sim: o Bastos tratou-me mal, mas tratou bem a verdade. Não há nada como o BERRYLOID.

... Tanto assim que, quando comprei o meu segundo carro, tratei logo de saber se ele vinha já pintado a BERRYLOID. Ele aí está na base da página e no fim da minha história. Passa-se a camurça, mas é preciso usar óculos fumados: o brilho deslumbra. E, o que é mais, deslumbrará, porque dura.

A minha camurça dura eternamente. O que se tem gasto muito são os óculos fumados; e os elogios dos amigos que veem os meus carros pintados a BERRYLOID.

A varina e a lógica

Quando as quatro varinas corriam em losango pela rua e ao lado, a do avanço, loura e com olhos, deu com o instinto de troça contra o homem moço de barbas de velho que vinha tendo ar de sábio pelo passeio às avessas. E parou, e, instintivamente, os transeuntes pararam. E ela largou a mão de alto, de sobre a canastra, apontou para o homem e disse:

— Olhem para este barbaças.

Toda a paisagem humana riu junta.

O homem moço de barbas velhas parou à beira do passeio como de um cais, olhou abstratamente a varina, e disse num tom triste:

— Bem se vê que foi tua avó que te pariu!

A varina estacou mais, corou, emudeceu com uns poucos de silêncios, e em torno rebentou, depois de um pouco, uma gargalhada do público já trespassado. Não se distinguia se a gargalhada era da resposta, se da confusão muda da varina loura.

O homem moço passou, levou as barbas de velho escondidas pelas costas viradas ao público que o aplaudira. Depois, num café, contou o episódio a um amigo. O amigo ouviu, riu, e depois não pôde rir. Por fim fez um gesto em que a face era envergonhada a medo.

— Você desculpe. Eu serei talvez estúpido, ou estarei estúpido hoje. Mas o que quer isso dizer?

— Não quer dizer nada, respondeu o outro. E aí é que está o golpe.

Moral: Confundir é vencer.

Fábulas para as nações jovens

O segredo de Roma

Quando César chegou tarde ao fim do campo de, ergueram rápidos perante ele a cabeça de Pompeu. César abriu em lágrimas, e os que estavam pasmaram. O que erguera a cabeça baixou-a um pouco; estava atônito, e além disso ela pesava, porque ele a erguera a braço largo.

– Assim, que vale uma vitória? — perguntou César.

– É certo — respondeu o que o seguia, pois não sabia que dizer.

E César continuou:

– Foi meu amigo, meu companheiro, era romano e soldado...

E depois disse:

– Cheguei tarde...

O companheiro esboçou um gesto sem nada, e César voltou as costas curvas de dor.

– Cheguei tarde — repetiu. —Queria tê-lo eu matado com minhas mãos.

Moralidade:
Cuidado com as lágrimas, quando são estadistas os que as choram.

O Saraiva *ou* O Saraiva e as meninas

Havia em tempos, no Porto, um rapaz estudante, vindo das províncias do Norte, chamado Saraiva. Este rapaz tornara-se notável entre os companheiros pela certeza da própria perspicácia e a sua igual certeza de seus talentos de declamador. A cada frase, por simples que fosse, que lhe parecesse envolver uma mentira, tomava a mentira como dirigida inutilmente contra a rocha da sua esperteza; e, levando o indicador direito à pálpebra do olho direito, descia-a, no gesto dos álacres, e dizia ao interlocutor, em aviso e ameaça alegre: "Eu sou o Saraiva!". E o outro ficava sabendo que o não conseguira enganar. O indicador erguia-se livre.

Esta ciência certa, considerada pelos outros rapazes como ridícula em si mesma, levou-os a combinar, servindo-se da preocupação que o Saraiva tinha de declamador, uma cena cômica, destinada a, de vez, pôr o Saraiva em salmoura social. Sabendo o horror do ridículo que estava latente naquela constante preocupação de que não era enganado, combinaram com várias raparigas das suas relações, de boas famílias e condição decentíssima, uma sessão em casa dos pais de umas delas, para a qual convidariam o Saraiva para declamar. E estava combinado que, apresentado o Saraiva e convidado a mostrar seus dotes de declamador, eles fossem, por

fim, reconhecidos com uma gargalhada geral. Desta, fixaram bem, o Saraiva se não escaparia, e ficariam pagos de tanta irritação de certeza.

Expuseram ao Saraiva que havia várias senhoras que gostariam de o ouvir declamar, pois lhes constara o que valia na matéria, e com ele estabeleceram que o apresentariam em casa dessas senhoras, podendo ele aparecer, em tal noite, e a tais horas.

Grato, o Saraiva acedeu e a combinação ficou feita. Sucede, porém, que, chegado a casa, começou a meditar no convite, e, desde logo, a desconfiar dele. "Ali há coisa", pensou o Saraiva. E, sozinho, diante do espelho, levou o indicador direito ao olho direito, no gesto baixante da esperteza, "Mas eu sou o Saraiva!", apontou para si mesmo.

E meditou, "Que diabo será a partida?". Não tardou que descobrisse. Tratava-se de encher uma casa qualquer de uma quantidade de meretrizes, dispostas com aparência de senhoras e meninas, e de o convidar (a ele Saraiva!) para ir fazer diante delas o papel de recitador. Conclusão lógica, conclusão natural. E o Saraiva tomou mentalmente as suas precauções.

Chegou a noite, e chegou o Saraiva. E, junto com os vários camaradas, foram dar à casa onde estavam reunidas as senhoras todas que os esperavam. Para entrada e deslumbramento, os apresentantes, aberta subitamente a porta da sala, que se revelou cheia de senhoras, apresentaram, "Minhas senhoras, o sr. Saraiva!", com o ar de quem apresenta um dos homens célebres do mundo.

Então o Saraiva, álacre, deu um pulo para o meio da sala, e braços abertos, gritante e alegre, bradou para as senhoras todas: "Eh, putedo!".

E depois, voltando-se a rir para os apresentantes lívidos, inclinou a cabeça e levou à eterna pálpebra direita

o eterno indicador direito, "Vocês esqueceram-se que eu sou o Saraiva"…

Moralidade:
1. Não ser Saraiva.
2. Na dúvida ser Saraiva, porque aqui o Saraiva foi o parvo e os outros é que ficaram atrapalhados.

Quando uma nação crê firmemente em si mesma, humilha os outros ainda quando se engana e é ridícula. Coisa por cousa, mais vale ser Saraiva. Porque é preciso não esquecer o resultado prático de tudo isto. As raparigas ficaram insultadas, os rapazes ficaram envergonhados: quem ficou vencedor foi o Saraiva.

Eu, o doutor

Entrei uma tarde numa camisaria de onde gastava, com o fim imaginado de comprar uma gravata. O caixeiro que estava livre de freguês, e que há muito me conhecia, cumprimentou-me alegremente:
"Boa tarde, senhor doutor."
"Não sou doutor", disse-lhe, e era a verdade. "Por que é que me julga doutor?"
"Ah, eu realmente julgava…", respondeu ele limpidamente.
Pedi gravatas, escolhi a que preferi, paguei. Nesta altura, o outro caixeiro, que também de há muito me conhecia, veio para ao pé do colega.
"Boa tarde", disse eu para ambos.
Os dois caixeiros inclinaram-se amáveis e sincrônicos, e, como um só, disseram:
"Boa tarde, senhor doutor, e muito obrigado."

Moralidade:
Quando a opinião nos faz doutores, doutores temos que ser. Na vida social, somos o que os outros nos julgam, e não o que até fingidamente somos. A nossa personalidade social, para todos, ou histórica, para os célebres, é uma ideia de nós que nada tem de nós. O estadista que saiba saber isto tem a chave do domínio do mundo. Pode, é claro, faltar-lhe a porta; isso, porém, é já destino.

31/1/1932

O burro e as duas margens

É costume contar-se às crianças, quando começam a estar em idade de começar a ser estúpidas, uma história a propósito de um burro que chega à margem de um rio e não consegue passar para a outra margem.

O rio não tem ponte, o burro não sabe nadar, não há barco que o transporte. O que faz o burro? Depois de algum tempo de pensar, a criança diz que desiste. E então a pessoa adulta, que lhe pôs a adivinha, diz: O mesmo fez o burro. O que devia dizer era: És como o burro, porque assim é que a graça tem graça, se é que a tem.

Mas a história não se passou assim, e foi o burro mesmo que ma contou. O burro chegou à margem do rio, e queria passar para a outra margem. Verificou, efetivamente, e nesse particular a história é verídica como se narra, que (a) não havia ponte, (b) não havia barco, (c) ele, burro, não sabia nadar.

Então o burro pensou: O que faria um homem no meu caso? E, depois de pensar, pensou: Desistia. Pois bem, decidiu: Sou como o homem.

Porque, nesta adivinha, ninguém pensou numa coisa: é que o homem desistia também.

Moralidade:
A política partidária é a arte de dizer a mesma coisa de duas maneiras diferentes. O melhor é dizer em segundo lugar, porque como é o homem que faz a adivinha, adiante vai o burro.

O Soares e o Pereira

O Soares e o Pereira, empregados do mesmo escritório, eram inimigos de alma. Não havia questão de serviço, ainda que rigorosamente não pudesse surgir conflito entre os dois, em que não surgisse conflito entre os dois. E, embora nunca seguissem por aquelas vias chamadas de fato, fervia em pouco tempo a descompostura mútua. De besta para cima e para baixo, todos os arredores de malandro, com passagem por gatuno e grande escala por tudo, encontrarem-se era discordarem, olharem-se era a primeira palavra de se descomporem.

Um dia o Soares, que era o mais inteligente e por isso o mais estúpido dos dois, referindo, fora do escritório, a um amigo as cenas habituais com o Pereira, recebeu desse a pergunta: "Mas por que diabo é que tu não o esmagas com uma coisa pior que todas as piadas?". "Que coisa?", perguntou o Soares; "Porrada?". "Não, não digo isso... Melhor que isso: o silêncio... Ele tem mais piada que tu; pois bem, arranja mais desprezo do que ele. Ele insulta, e tu olhas para ele e não dizes nada. Ele insulta mais, e tu na mesma. Ele espuma e esbraveja, e tu idem e igualmente zero. Verás que não há piada que ele possa dizer que valha o que tu não dizes. O que tu não dizes pode ser tudo; o que ele diz não pode ser senão o que ele diz, e, se calhar, muitas vezes nem isso é."

O Soares pensou e achou razão, pelo menos provisória, ao conselho. E, ao contrário do que a prudência manda, seguiu-o. Mas, como é costume suceder quando se não segue a prudência, fez bem.

Foi logo no dia seguinte, porque era todos os dias, e o dia seguinte não era feriado. Surgiu um incidente que o Pereira fez o Soares ter feito surgir. E, sob os ouvidos fitantes do outro pessoal, o Pereira começou. Os substantivos do costume uniram-se aos adjetivos da vizinhança, e o caráter, habilitações, possibilidades penais, e outros atributos de um Soares de retórica, fulguraram no discurso. A certa altura, como o Soares não dissesse nada, mas olhasse para o orador com uma atenção despreocupada e vaga, o Pereira começou a afrouxar. Seguiu a cena, de calado a pasmo, e o Pereira, afrouxando cada vez mais, foi-se tornando lívido. Ao fim de cinco minutos estava quase mudo e com a voz e a expressão do olhar em vésperas de lágrimas. Então engoliu um pouco; e, dirigindo-se ao Soares numa voz trêmula, disse: "Ó Soares, você está zangado comigo?".

Si vis bellum, para pacem.[17]

17 Provérbio latino, que pode ser traduzido por: "Se queres a paz, prepara a guerra". [N. E.]

O cristão e o católico

Passeavam um dia juntos um cristão e um católico. Disse de repente o católico para o seu inimigo: "Meu amigo, creio que estamos de acordo". E o outro não disse nada, porque todas as nações que falaram concordaram em que o silêncio é de ouro.

E então o católico começou:

— Concorda, não é verdade, em que a verdadeira Igreja é aquela que se firma no rochedo de Pedro?

E o outro respondeu: "Não concordo".

— Concorda, não é verdade, em que a verdadeira Igreja é aquela que se firma na mais antiga tradição?

E o outro respondeu: "Não. Não concordo".

— Concorda, não é verdade, em que a verdadeira Igreja é aquela que reúne os místicos e os soldados, os ascetas e os grandes pecadores?

E o outro respondeu: "Não posso concordar".

— Concorda, não é verdade, em que a verdadeira Igreja é a Igreja de Cristo?

E o outro respondeu: "Sim, talvez, não sei se concordo".

— Concorda, não é verdade, em que a verdadeira Igreja é a que quer o bem da humanidade?

E o outro respondeu: "Com reservas, concordo".

— Concorda, não é verdade, em que a verdadeira Igreja é a que for a verdadeira Igreja?

E o outro respondeu: "É claro que concordo".

— Se estamos, pois, de acordo — disse o católico —, vamos jantar juntos.

Assim fizeram, e como o católico não ficou ofendido e doesse ao cristão a possibilidade de o haver ofendido, foi o católico que comeu com vontade e o cristão quem, por sua vontade, pagou a conta.

Moralidade:
Esta pergunta, mas da qual — a resposta de Lope de Vega, que se está em 1900.

Contos seletos de O. Henry
(traduzidos do original inglês por Fernando Pessoa)

A teoria e o cão

Há alguns dias passou aqui por Nova York o meu velho amigo dos trópicos, J. P. Bridger, cônsul dos Estados Unidos na ilha de Ratona. Bebemos e regozijamo-nos juntos, vimos o último edifício em altura, e descobrimos que havia duas noites que o circo tinha acabado. E, na vazante, íamos subindo uma rua paralela e plagiária da Broadway.

Passou por nós uma mulher de cara aprazível e mundana; levava preso um cachorro amarelo, um bruto resfolegante, mal focinhado e oscilatório. O cão embrulhou-se nas pernas do Bridger e arreliou-lhe as canelas com uma mordedura rosnada e de má índole. O Bridger, num sorriso feliz, esvaziou-lhe os bofes com um pontapé; a mulher brindou-nos com um aguaceiro de adjetivos bem orientados que não deixavam dúvida sobre o nosso lugar na opinião dela; e fomos andando. Dez passos depois, uma velha de cabelo muito branco desgrenhado pedia esmola, a caderneta do banco agasalhada por baixo do xale esfarrapado. O Bridger parou e desenterrou em proveito dela uma moeda de prata do seu colete de feriados.

Na esquina seguinte, um quarto de tonelada de homem bem-vestido, de queixada larga, branca, escanhoada, tinha por uma corrente um buldogue de origem infernal, cujas pernas dianteiras discordavam meio metro. Uma mulher pequenina, com um chapéu da penúltima moda, estava diante dele e chorava, que era, evidentemente, o

que podia fazer, enquanto ele lhe chamava nomes numa voz baixa, doce, habituada.

O Bridger tornou a sorrir — em rigorosa confidência consigo mesmo — e desta vez puxou por um livrito de escrever e fez um apontamento do caso. Ora, isto não tinha ele direito de fazer sem uma explicação, e foi o que eu lhe disse.

"É uma teoria nova", disse o Bridger, "que eu apanhei lá embaixo em Ratona. Tenho andado a colher elementos por onde quer que tenha andado. O mundo ainda não está preparado para ela, mas... Olha, vou-te dizer, e depois tu pensas em toda a gente que tens conhecido e vê o que te parece".

Entalei o Bridger num lugar com palmeiras artificiais, onde se bebe vinho; e ele contou-me a história que aí vai nas minhas palavras e sob a responsabilidade dele.

*

Uma tarde, pelas três horas, na ilha de Ratona, um garoto corria pela praia gritando: "*Pájaro* à vista!".

Assim fazia conhecer a agudeza do seu ouvido e a justeza da sua discriminação dos tons.

O que primeiro ouvia o apito de um vapor que se aproximava, e fazia disso proclamação oral, acertando também com o nome do vapor, era um pequeno herói em Ratona... até chegar o vapor seguinte. Por isso havia rivalidade entre a juventude descalça de Ratona, e muitos houve que caíram vítimas das buzinas de concha das chalupas, que, sopradas ao de leve ao entrarem no porto, se parecem extraordinariamente com o sinal de um vapor longínquo. Alguns havia que vos poderiam dizer de que vapor se tratava, quando a sua chamada, aos vossos ouvidos, menos hábeis, vos não soaria mais alto que o suspiro do vento nos ramos dos coqueiros.

Mas o que hoje proclamava a chegada do *Pájaro* ganhara as suas honras. Ratona inclinou o ouvido, à escuta; e não tardou que se tornasse mais forte e mais próximo aquele som prolongado, até que por fim Ratona viu, por cima da linha de palmeiras na "ponta" baixa, os dois canos negros do vapor fruteiro avançar vagarosamente para a entrada do porto.

Deveis saber que Ratona é uma ilha umas 20 milhas ao sul de uma república sul-americana. É um porto dessa república; e dorme suavemente num mar que sorri, não trabalhando nem fiando; nutrida pelos trópicos abundosos, onde todas as coisas "amadurecem, cessam e caem para a cova".

Oitocentas pessoas ali sonham a vida numa vila cercada de arvoredo, que se ajusta à curva em ferradura do seu porto pequenino. São, na sua maioria, mestiços de espanhol e índio, com umas sombras de negros de São Domingos, uma claridade de funcionários de sangue espanhol puro, e um leve fermento da espuma das três ou quatro raças brancas da vanguarda. Não há vapores que toquem em Ratona, a não ser os vapores fruteiros, que ali recolhem os inspetores de bananas a caminho da costa. Deixam jornais de domingo, gelo, quinino, presunto e material de vacina na ilha; e é este, pouco mais ou menos, o contato que Ratona tem com o mundo.

O *Pájaro* parou à entrada do porto, dando balanço forte na mareta que coroava de branco as ondas para além da água suave de dentro. Já duas embarcações da vila — uma transportando os inspetores de fruta, a outra indo buscar o que pudessem dar-lhe — estavam a meio caminho para o vapor.

A embarcação dos inspetores foi içada para bordo com eles, e o *Pájaro* seguiu viagem para o continente com o seu carregamento de fruta.

O outro barco voltou a Ratona com uma parte do gelo dos frigoríficos do *Pájaro*, o maço de jornais do costume, e um passageiro — Taylor Plunkett, regedor do distrito de Chatham, estado de Kentucky.

Bridger, o cônsul dos Estados Unidos em Ratona, estava limpando a espingarda na barraca oficial ao pé de uma árvore de banana-pão, a uns vinte passos da água do porto. O cônsul ocupava um lugar perto do fim da procissão do seu partido político. Dali quase que não ouvia a música. Os doces políticos iam para os outros. O quinhão do Bridger nos despojos — o consulado de Ratona — não era mais que uma passa, uma passa seca da repartição de "pensões de família" do Ministério. Mas 900 dólares por ano era a opulência em Ratona. Além disso, o Bridger tinha contraído uma paixão pela caça aos jacarés nas lagoas ao pé do consulado, e por isso não era infeliz.

Levantou a cabeça de uma demorada inspeção dos fechos da espingarda e deu com um homem largo a encher-lhe o espaço da porta. Um homem largo, de movimentos lentos, queimado do sol até quase ao castanho de Van Dyck. Um homem de 45 anos, vestido com decência simples, de cabelo claro e escasso, barba meio grisalha bastante aparada, e olhos azuis exprimindo doçura e simplicidade.

"É o sr. Bridger, o cônsul — não é?", disse o homem largo. "Indicaram-me que era aqui. É capaz de me dizer o que são aqueles cachos grandes de coisas que parecem abóboras naquelas árvores que parecem espanadores, ali pela costa fora?"

"Sente-se", disse o cônsul, pondo óleo novo no trapo. "Não, na outra cadeira — a de bambu não aguenta consigo. Aquilo são cocos — cocos verdes. A casca é sempre de um verde-claro antes de estarem maduros."

"Muito obrigado", disse o outro, sentando-se com cuidado. "Não gostava de ir dizer lá na terra que eram

azeitonas, a não ser que tivesse a certeza. Chamo-me Plunkett. Sou o regedor do distrito de Chatham, Kentucky. Tenho aqui na algibeira papéis de extradição autorizando-me a prender um homem aqui nesta ilha. Estão assinados pelo presidente deste país, e estão em ordem. O homem chama-se Wade Williams. Está no negócio da cultura do coco. Matou a mulher aqui há uns dois anos. Onde é que o posso encontrar?"

O cônsul entortou um olho e espreitou pelo cano da espingarda abaixo.

"Aqui na ilha não há ninguém que se chame Williams", observou.

"Não esperava que houvesse", disse Plunkett com brandura. "Logo que seja ele, qualquer nome me serve."

"Além de mim", disse Bridger, "há só dois americanos em Ratona — Bob Reeves e Henry Morgan".

"O homem que quero vende cocos", lembrou Plunkett.

"Vê aquela fila de coqueiros que vai até à ponta?", disse o cônsul, apontando com a mão em direção à porta aberta. "Pertence ao Bob Reeves. O Henry Morgan é dono de metade das árvores do outro lado da ilha."

"Há um mês", disse o regedor, "o Wade Williams escreveu uma carta confidencial a alguém do distrito de Chatham, dizendo-lhe onde estava e como ia andando. A carta extraviou-se; e quem a achou não a guardou. Mandaram-me à busca dele, e tenho os papéis. Calculo que há de ser um dos seus homens dos cocos".

"Tem o retrato dele, não?", disse Bridger. "Pode ser que seja o Reeves ou o Morgan, mas detesto a ideia. São ambos belos rapazes, nem se encontra melhor procurando de automóvel um dia inteiro."

"Não", respondeu Plunkett num tom de dúvida; "não se pôde obter retrato. Eu mesmo nunca o vi. Há só um ano que sou regedor. Mas tenho uma descrição bastante

explícita. Um metro e oitenta, pouco mais ou menos; cabelo e olhos escuros; nariz quase aquilino; ombros pesados; dentes brancos e fortes, sem falhas; ri bastante, e fala muito; bebe bem, mas nunca se embebeda; fita a gente nos olhos quando fala; idade, 35 anos. Qual dos seus homens é que é isto?".

O cônsul sorriu com amplidão.

"Olhe, sabe o que é melhor?", disse ele, depondo a espingarda e enfiando o casaco velho de alpaca preta.

"O melhor é o sr. Plunkett vir comigo, e eu levo-o aos rapazes. Se me puder dizer a qual deles é que essa descrição calha melhor que ao outro, tem o senhor muito melhores olhos que eu."

Bridger saiu, guiando o regedor; seguiram pela praia dura, perto da qual se espalhavam as casitas da vila. Logo por detrás da povoação se erguiam de repente colinas pequenas, cobertas de arvoredo. Por uma destas acima, seguindo uma escadaria aberta na argila dura, conduziu o cônsul a Plunkett. Na mesma beira de um alto assentava uma cabana de madeira, de dois quartos, coberta de palha. Uma índia estava cá fora lavando roupa. O cônsul levou o regedor até a porta do quarto que dava por sobre o porto.

No quarto estavam dois homens, que iam sentar-se, em mangas de camisa, a uma mesa posta para o jantar. Em pormenor, pouco se pareciam; mas a descrição geral dada por Plunkett poderia aplicar-se com justeza a qualquer deles. Em altura, cor do cabelo, feitio do nariz, arcabouço e modos, qualquer dos dois se lhe ajustava. Eram tipos normais do americano jovial, esperto, de vistas largas, que haviam gravitado um para o outro no isolamento de uma terra estranha.

"Olá, Bridger!", gritaram juntos, ao ver o cônsul. "Vem jantar conosco!" E quando repararam em Plunkett, que o seguia, avançaram com curiosidade hospitaleira.

"Meus senhores", disse o cônsul, cuja voz assumira um tom desusadamente formal, "apresento-lhes o sr. Plunkett. Sr. Plunkett — o sr. Reeves e o sr. Morgan".

Os barões do coco saudaram com alegria o recém-vindo. Reeves parecia ser um pouco mais alto que Morgan, mas o seu riso não era tão vibrante. Os olhos de Morgan eram de um castanho-escuro; os de Reeves eram pretos. Era Reeves o dono da casa, e ocupou-se desde logo em pedir mais cadeiras e em gritar à índia que pusesse mais talheres. Explicou-se que Morgan vivia numa cabana de bambus "lá pro outro lado", mas que todos os dias os dois amigos jantavam juntos. Enquanto se aprontavam as coisas, Plunkett conservara-se de pé, parado, olhando de um lado para outro com os seus olhos de um azul-pálido. Bridger parecia estar numa atitude de desculpa e de inquietação.

Por fim se puseram mais duas cobertas e se indicou a cada um o seu lugar. Reeves e Morgan estavam lado a lado, da banda da mesa oposta à das visitas. Reeves inclinou afavelmente a cabeça, em sinal de que todos se sentassem. Então, de repente, Plunkett levantou a mão com um gesto de autoridade. Estava fitando exatamente entre Reeves e Morgan.

"Wade Williams", disse, sem elevar a voz, "está preso por homicídio".

Reeves e Morgan trocaram logo um olhar rápido, vivo, cuja qualidade era a interrogação, com um tempero de surpresa. Então, ambos juntos, voltaram-se para quem falara, com um olhar comum de estranheza franca.

"Não percebemos nada, sr. Plunkett", disse Morgan com animação. "Foi *Williams* que disse?"

"Que piada é esta, Bridger?", perguntou Reeves, voltando-se a sorrir para o cônsul.

Antes que Bridger pudesse responder, Plunkett falou de novo.

"Eu explico", disse, com a mesma voz branda. "Um dos senhores não precisa da explicação, mas ela é para o outro. Um dos senhores é Wade Williams, do distrito de Chatham, Kentucky. Matou a sua mulher em 5 de maio, há dois anos, depois de cinco anos de contínuas injúrias e maus-tratos. Tenho aqui na algibeira todos os documentos precisos para o levar para lá; e levo-o. Partiremos no vapor fruteiro que volta amanhã a esta ilha para deixar cá os inspetores. Confesso, meus senhores, que não sei qual dos dois é que é o Williams. Mas Wade Williams volta comigo amanhã para o distrito de Chatham. Desejo que se compenetrem disso."

Uma grande rajada de riso alegre rompeu de Morgan e de Reeves e saiu por sobre o porto calmo. Dois ou três pescadores na armada de chalupas ali ancoradas chegaram a olhar, pasmando, para cima, para casa dos *diablos americanos*.

"Meu caro senhor", exclamou Morgan, dominando o riso, "o jantar arrefece. Sentemo-nos e vamos a ele. Estou ansioso por meter a colher nesta sopa de peixe. O resto fica para depois".

"Sentem-se, meus senhores, façam favor", disse Reeves com afabilidade. "Estou certo de que o sr. Plunkett não se importará. Talvez até lhe sirva este bocado de tempo para identificar... o cavalheiro que ele quer prender."

"De modo nenhum; não me importo nada", disse Plunkett, caindo pesadamente na cadeira. "Também estou com fome. O que eu não queria era aceitar a hospitalidade dos senhores sem lhes fazer o aviso. É só isto."

Reeves pôs na mesa garrafas e copos.

"Aqui está conhaque", disse ele, "e anis, e *whisky*, e bagaço. Escolham à vontade".

Bridger escolheu bagaço, Reeves deitou para si três dedos de *whisky*, Morgan fez o mesmo. O regedor, apesar dos protestos gerais, encheu o copo da garrafa de água.

"Bebo", disse Reeves erguendo o copo, "ao apetite do sr. Williams!". O encontro do riso e da bebida de Morgan fez que este se engasgasse. Começaram todos a dar atenção ao jantar, que era bem cozinhado e saboroso.

"Williams!", chamou Plunkett, de repente e num tom seco.

Todos ergueram, pasmados, os olhos. Reeves deu com o olhar brando do regedor fito nele. Corou um pouco.

"Olhe lá!", começou com certa aspereza. "Chamo-me Reeves, e não quero que o senhor..." Mas chegou-lhe de repente o aspecto cômico do caso e acabou numa gargalhada.

"O sr. Plunkett sabe, naturalmente", disse Morgan, temperando com cuidado o seu prato, "que fará uma certa importação de arrelias para si em Kentucky se levar para lá um homem que não seja o que procura — isto é, se o senhor levar alguém?".

"Passava-me o sal, fazia favor?", disse o regedor. "Ah, alguém levo eu. Há de ser um dos senhores dois. Sim, sei que era cravado por perdas e danos se me enganasse. Mas vou ver se não me engano."

"Olhe, já sei o que o senhor deve fazer", disse Morgan, inclinando-se, com os olhos a sorrir. "Leve-me a mim. Vou sem dar incômodo. O negócio dos cocos correu torto este ano, e não se me dava extrair alguma massa aos seus fiadores."

"Isso não vale", interveio Reeves. "Não apanhei senão 16 dólares o milheiro pela minha última remessa. Leve-me a mim, sr. Plunkett."

"Hei de levar o Wade Williams", disse o regedor, pacientemente, "ou não hei de andar muito longe".

"É como estar à mesa com um espectro", observou Morgan, com um arrepio fingido. "É o espectro dum assassino, inda por cima! Passem aí os palitos à sombra do sr. Williams!"

Plunkett parecia tão despreocupado como se estivesse jantando à sua própria mesa, no distrito de Chatham. Era um bom garfo, e os pratos estranhos dos trópicos davam-lhe bem no paladar. Pesado, vulgar, quase indolente nos seus modos, parecia destituído de toda a astúcia e a vigilância do caçador. Deixou até de observar, com qualquer espécie de agudeza ou de discriminação esboçada, os dois homens, um dos quais ele se tinha comprometido, com pasmosa confiança, a levar dali sob a acusação gravíssima de uxoricídio. Aí estava um problema, que, se o resolvesse mal, resultaria para ele num grave desconcerto, e, apesar disso, ali estava preocupado (segundo todas as aparências) só com o sabor, para ele novo, de uma costeleta de iguana feita na grelha.

O cônsul sentia um acentuado mal-estar. Reeves e Morgan eram seus amigos e camaradas; mas o regedor de Kentucky tinha um certo direito ao seu auxílio oficial e ao seu apoio moral. Por isso Bridger era o mais calado de todos àquela mesa, e tentava avaliar para si o sentido da situação. Chegou à conclusão de que Reeves e Morgan, espertos ambos, como ele sabia que eram, tinham ambos concebido, quando Plunkett se explicou, com a rapidez do relâmpago, a ideia de que talvez o outro fosse o réu Williams; e que qualquer deles tinha, nesse momento, decidido proteger lealmente o seu camarada do perigo que sobre ele impendia. Era esta a hipótese do cônsul, e, se fosse um tomador de apostas numa corrida de astúcias pela vida e pela liberdade, teria carregado as probabilidades contra o regedor paciente do distrito de Chatham, Kentucky.

Acabada a refeição, veio a índia e levantou a mesa, tirando a toalha. Reeves espalhou pela mesa magníficos charutos, um dos quais Plunkett, como os outros, acendeu com visível agrado.

"Pode ser que eu seja parvo", disse Morgan, sorrindo e piscando o olho a Bridger, "mas quero ter a certeza se sou ou não. Ora, a minha ideia é que isto não é senão uma partida do sr. Plunkett, arranjada para assustar estes dois meninos da mata. Este Williamson vai ser preso a sério, ou não?

"Williams", emendou Plunkett sem sorrir. "Nunca arranjei partidas na minha vida. E sei que não era capaz de viajar 2 mil milhas para fazer uma partida tão estúpida como esta seria, se eu não levasse o Wade Williams comigo. Meus senhores", continuou o regedor, passando agora os seus olhos brandos, imparcialmente, de cada um dos presentes para outro, "vejam se acham alguma graça a este caso. O Wade Williams está aqui, ouvindo as palavras que estou dizendo; mas, por delicadeza, falarei dele na terceira pessoa. Durante cinco anos fez passar à mulher uma vida de cão... Não; retiro isso. Não há cão em todo Kentucky que fosse tratado como ela foi. Gastou o dinheiro que ela lhe trouxe — gastou-o nas corridas, ao jogo, com cavalos e na caça. Era bom rapaz para os amigos, mas em casa um perfeito demônio, frio e duro. Fechou esses cinco anos de desprezo batendo na rapariga com a mão fechada — uma mão dura como pedra —, quando ela estava doente e fraca de tanto sofrer. Ela morreu no dia seguinte, e ele raspou-se. É só isto. E é bastante. Nunca vi o Williams, mas à mulher dele conheci-a. Não sou homem que conte metade. Ela e eu namorávamo-nos quando ela o encontrou. Foi a Louisville, numa visita, e ali é que o viu. Confesso que ele me levou a melhor quase em tempo nenhum. Eu vivia então ali ao pé das montanhas. Fui eleito regedor do distrito de Chatham um ano depois de o Wade Williams matar a mulher. O meu dever oficial manda-me vir aqui procurá-lo, mas confesso que há também uma razão pessoal.

E ele volta comigo. Sr.... ah!... Reeves, dava-me um fósforo, se faz favor?".

"Esse Williams foi muito imprudente", disse Morgan, pondo os pés ao alto, contra a parede, "em bater numa senhora de Kentucky. Parece-me ter já ouvido dizer que elas são levadas do diabo".

"Muito mauzinho, esse Williams", disse Reeves, deitando mais *whisky*.

Ambos falavam com ar ligeiro, mas o cônsul viu e sentiu a tensão e o cuidado que punham no que faziam e diziam. "Bons rapazes!", disse para si; "ambos têm razão. Cada um está a aguentar o outro como um muro de tijolo".

Então entrou um cão no quarto onde estavam sentados — um cão comprido, castanho e preto, de orelhas longas, lento, confiado em ser bem-vindo.

Plunkett voltou a cabeça e olhou para o animal, que parou, confiadamente, a dois passos da cadeira dele.

De repente, o regedor, com uma praga dura, saiu da cadeira e assentou no cão, com a bota pesada, um pontapé forte de maldade.

O cão, doido, assustado, de orelhas caídas e rabo retraído, deu um guincho agudo de dor e de surpresa. Reeves e o cônsul ficaram sentados, nada dizendo, mas pasmados deste assomo de irritação no homem calmo do distrito de Chatham.

Mas Morgan, com a cara roxa de cólera, pôs-se de pé num pulo e ergueu por sobre o regedor um braço de súbita ameaça.

"Seu... bruto!", gritou com alma. "Por que é que você fez isso?"

As amenidades voltaram depressa. Plunkett deu uma desculpa imperceptível e voltou para a cadeira. Morgan, dominando a cólera com um esforço visível, voltou também para o seu lugar.

Então, Plunkett, com um pulo de tigre, torneou o canto da mesa e fechou um par de algemas sobre os pulsos de Morgan, paralisado.

"Amigo de cães e assassino de mulheres!", exclamou, "vai-te já preparando para outro mundo!".

*

Quando o Bridger acabou, perguntei-lhe:
"E acertou?"
"Acertou", disse o cônsul.
"Mas como é que ele soube?", perguntei, porque tinha ficado numa espécie de atarantação.
"Quando ele metia o Morgan na embarcação", respondeu Bridger, "no dia seguinte, para o levar para bordo do *Pájaro*, este tal Plunkett parou para se despedir de mim e eu fiz-lhe a mesma pergunta".

"Sr. Bridger", disse ele, "sou de Kentucky, e tenho visto muito em matéria de homens e de bichos. E ainda não vi um homem que gostasse muito de cavalos e de cães que não fosse cruel para as mulheres".

Os caminhos que tomamos

Vinte milhas para oeste de Tucson, o rápido parou ao pé de um depósito para tomar água. Além deste líquido, porém, a máquina daquele comboio adquiriu também outras coisas que lhe não convinham.

Enquanto o fogueiro estava baixando a mangueira de alimentação, o Bob Tidball, o Dodson Tubarão e um índio de raça cruzada chamado João Cão Grande treparam para a máquina e apresentaram ao maquinista os orifícios de três canos de revólver. As possibilidades desses orifícios a tal ponto impressionaram o maquinista, que ergueu logo ambas as mãos num gesto do gênero do que acompanha a exclamação "Conta lá!".

À ordem brusca do Dodson Tubarão, que era o comandante da força, o maquinista desceu ao chão e desligou a máquina e o tender. Então o João Cão Grande, empoleirado no carvão, sorriu por trás de dois revólveres apontados ao ajudante e ao fogueiro, lembrando que corressem a máquina 50 metros pela linha abaixo e ali aguardassem novas ordens.

O Dodson Tubarão e o Bob Tidball, desdenhando proceder à limpeza do minério tão baixo como os passageiros, dedicaram-se ao veio magnífico que era o vagão de valores. Encontraram o guarda envolto na crença firme de que a máquina não estava tomando nada mais

forte que água pura. Enquanto o Bob lhe tirava esta ideia da cabeça por meio de uma coronha de revólver, o Dodson Tubarão ocupava-se em ministrar uma dose de dinamite ao cofre do vagão.

O cofre explodiu no sentido de 30 mil dólares, ouro e notas. Os passageiros espreitaram vagamente pelas janelas a ver de onde vinha a trovoada. O condutor puxou a correia, que lhe ficou lassa e caída na mão. O Dodson Tubarão e o Bob Tidball, com o espólio numa saca de lona forte, saíram do vagão e correram pesadamente, com suas botas altas, até à máquina.

O maquinista, amuado, mas prudente, correu velozmente a máquina, obedecendo a ordens, para longe do comboio parado. Mas, antes que isto estivesse feito, o guarda do rápido, tendo despertado do argumento com que o Bob Tidball lhe tinha imposto a neutralidade, saltou do vagão com uma Winchester e entrou no jogo. O sr. João Cão Grande, empoleirado no carvão, perdeu a vasa pelo processo involuntário de imitar perfeitamente um alvo. O guarda caçou-o. Com uma bala exatamente entre as espáduas, o cavalheiro de cor e indústria caiu para o chão, aumentando assim automaticamente em um sexto o quinhão de cada um dos camaradas.

A 2 milhas do depósito, deu-se ordem ao maquinista que parasse.

Os ladrões gritaram um adeus de desafio e enfiaram pelo declive abaixo para os bosques que marginavam a linha férrea. Cinco minutos de caminho difícil através de uma mata de chaparral trouxe-os a um bosque mais aberto, onde estavam três cavalos, presos a ramos baixos. Um esperava o João Cão Grande, que nunca mais andaria a cavalo, de dia ou de noite. A esse animal tiraram os ladrões a sela e o freio, e puseram-no em liberdade. Montaram nos outros dois, estendendo o saco sobre a

maçã da sela de um deles, e seguiram, depressa, mas discretamente, através da floresta e por uma garganta primitiva e solitária acima. Aqui, o animal que levava o Bob Tidball escorregou num pedregulho musgoso e partiu uma das pernas dianteiras. Mataram-no com um tiro na cabeça, e sentaram-se para realizar um conselho de fuga. Seguros por enquanto, em virtude do caminho tortuoso que haviam tomado, já a questão de tempo os não apoquentava tanto. Havia já muitas horas e léguas entre eles e a mais rápida perseguição que se pudesse organizar. O cavalo do Dodson Tubarão, de corda arrastada e freio caído, resfolegava e comia com agrado da erva à beira do riacho da garganta. Bob Tidball abriu o saco, tirou às mãos ambas maços de notas e um saco único de ouro, e riu com uma alegria de criança.

"Olha lá, meu grande pirata", disse ele, rindo para Dodson, "bem dizias tu que a coisa se conseguia. Tens uma cabeça de financeiro que deixa atrás tudo no Arizona".

"O que é que a gente vai fazer a respeito de um cavalo para ti, Bob? A gente não pode esperar aqui muito tempo. Logo de madrugada, com a primeira luz, os tipos estão na nossa pista."

"Oh, aquele teu bicho tem de levar dois um bocado", respondeu o Bob com otimismo. "Deitamos a mão ao primeiro bicho que encontrarmos por aí. Caramba, que fizemos bom negócio, hem? Aqui, pelos sinais nas cintas e no saco, temos 30 mil dólares — 15 mil a cada bicho!"

"É menos que eu esperava", disse o Dodson Tubarão, dando pontapés leves nos pacotes. Depois olhou meditativamente para os flancos suados da sua montada.

"O *Bolívar*, coitado, está quase que não pode mais", disse ele devagar. "Que pena que o teu bicho se estropiasse!"

"Ninguém tem mais pena do que eu", disse o Bob sem abatimento, "mas o que é que se há de fazer? O *Bolívar*

é rijo, e pode bem com nós dois até arranjarmos outras montadas. Raios me partam, ó Tubarão, mas não me passa da ideia a piada que tem um tipo do leste, como tu, vir para aqui ensinar-nos a nós, do oeste, a dar cartas no negócio de salteador! De que parte do leste é que és?".

"Estado de Nova York", disse o Dodson Tubarão, sentando-se num toro e mastigando um fio de erva. "Nasci numa herdade do distrito de Ulster. Fugi de casa quando tinha 17 anos. Foi um acaso eu vir para oeste. Eu ia pela estrada fora com a roupa numa trouxa a caminho de Nova York, da cidade. A minha ideia era ir para lá e ganhar muito dinheiro. Uma tarde cheguei a um ponto onde a estrada fazia garfo, e eu não sabia por que caminho havia de tomar. Estive para aí meia hora a estudar o caso, e depois tomei pelo da esquerda. Nessa noite mesmo fui dar ao acampamento de um circo do oeste que andava dando espetáculos nas várias terras, e segui para oeste com eles. Muitas vezes tenho pensado se não teria dado em qualquer coisa muito diferente se tivesse tomado o outro caminho."

"Hum, a minha ideia é que davas mais ou menos no mesmo", disse o Bob Tidball com uma filosofia alegre. "Não é os caminhos que a gente toma, é o que está dentro de nós, que faz com que a gente dê no que vem a dar."

O Dodson Tubarão levantou-se e encostou-se a uma árvore.

"Tomara eu que aquela tua montada se não tivesse estropiado, Bob", tornou ele a dizer, com uma certa tristeza.

"E dois!", concordou o Bob. "Era um belo bicho. Mas o *Bolívar* tira-nos aos dois da alhada. Olha lá, e o melhor é a gente ir-se pondo a mexer, hem? Vou meter isto tudo outra vez no saco, e ala para outra terra!"

O Bob Tidball repôs o espólio no saco, e apertou a boca deste, com força, com uma corda. Quando levantou

a cabeça, a coisa mais notável que viu foi o cano da pistola do Tubarão visando-lhe, sem tremer, o centro da testa.

"Deixa-te de piadas, rapaz", disse o Bob sorrindo.

"A gente tem é de se pôr a mexer."

"Está quieto", disse o Tubarão. "Tu não te vais pôr a mexer para parte nenhuma, Bob. Tenho pena de to dizer, mas não há saída senão para um de nós. O *Bolívar*, coitado, está muito cansado, e não pode levar dois."

"Temos sido camaradas, eu e tu, Tubarão, há uns três anos", disse o Bob com sossego. "Muita e muita vez arriscou a gente a vida juntos. Sempre te tenho tratado às direitas, e julgava que eras um homem. Já ouvi coisas que contavam de ti, de como tinhas matado um ou dois homens de uma maneira esquisita, mas nunca acreditei. Ora, agora, se estás a brincar comigo, desvia lá a pistola e vamo-nos embora. Mas, se queres atirar, atira, filho de um lacrau!"

A cara do Dodson Tubarão tinha uma expressão de profunda mágoa.

"Não imaginas que pena eu tenho", suspirou ele, "a respeito daquele desastre que aconteceu ao teu cavalo, Bob".

A expressão do rosto de Dodson mudou de repente para uma de ferocidade fria mista de inexorável cupidez. A alma do homem mostrou-se de repente como uma cara sinistra à janela de uma casa honrada.

E, na verdade, nunca o Bob Tindball se poria mais a mexer para parte nenhuma. Falou a pistola do amigo falso, enchendo a garganta de um estrondo que os seus muros devolveram indignadamente. E o *Bolívar*, cúmplice inconsciente, levou depressa para longe o último dos salteadores do rápido, sem ter de "levar dois".

Mas, à medida que o Dodson Tubarão galopava, parecia que os bosques se esfumavam e desapareciam;

o revólver na mão direita converteu-se no braço curvo de uma cadeira de mogno; a sela estava extremamente estofada, e ele abriu os olhos e viu seus pés, não em estribos, mas pousados alto na ponta de uma secretária rica.

*

Estou contando aos senhores que o Dodson, da firma Dodson & Decker, corretores de Wall Street, abriu os olhos. Peabody, o empregado de confiança, estava de pé a seu lado, hesitando em falar. Lá embaixo havia um ruído confuso de rodas, e ao pé o sussurro acariciador de uma ventoinha elétrica.

"Hum, Peadboy", disse o Dodson, piscando os olhos. "Então não adormeci! Tive um sonho muito curioso. O que é que há?"

"É o sr. Williams, sr. Dodson, de Tracy & Williams, que está ali fora. Vem liquidar aquilo daquelas ações. A alta caiu-lhe em cima, lembra-se o sr. Dodson?"

"Sim, lembro-me. Como está isso cotado hoje, Peadboy?"

"Cento e oitenta e cinco, sr. Dodson."

"Então é isso que ele paga."

"O sr. Dodson dá licença...", disse Peadboy, com uma certa hesitação. "Desculpe-me falar nisso, mas estive a falar com o Williams. Ele é um velho amigo seu, e o sr. Dodson pode-se dizer que tem na mão todo este papel. Pensei se o sr...., isto é, pensei que o sr. talvez se não lembrasse que ele lhe vendeu o papel a 98. Se ele liquida ao preço do mercado, vai-se-lhe tudo quanto tem e ainda por cima, coitado, tem de vender a casa, e a mobília e tudo, para lhe poder entregar as ações."

A expressão no rosto do Dodson mudou de repente para uma de ferocidade fria mista de inexorável cupidez.

A alma do homem mostrou-se de repente como uma cara sinistra à janela de uma casa honrada.

"Cento e oitenta e cinco é que ele paga", disse o Dodson. "O *Bolívar* não pode levar dois."

A decisão de Georgia

Se algum dos senhores alguma vez visitar a Repartição Geral das Terras, entre na sala dos desenhadores e peça que lhe mostrem o mapa do distrito de Salado. Um alemão lento — talvez o velho Kampfer mesmo — lho trará. Será quadrado, com 1 metro de lado, pouco mais ou menos, e feito em tela forte de desenho. Os dizeres e os algarismos estarão admiravelmente claros e visíveis. O título estará desenhado em estilo germânico, magnífico e indecifrável, carregado dos ornamentos teutônicos do costume — provavelmente Ceres ou Pomona encostada às iniciais com cornucópias despejando uvas. Nesta altura diga a quem trouxe o mapa que não é esse que deseja ver; peça que lhe tragam o antecessor oficial daquele. Então ele dirá *Ach, so!*, e aparecerá com um mapa de metade do tamanho do primeiro, imperfeito, velho, roto e descolorido.

Reparando bem para o canto de noroeste, verá os contornos gastos do rio Chiquito, e talvez, se tiver bons olhos, descobrirá a testemunha silente desta narrativa.

*

O comissário da Repartição das Terras era do gênero antigo: a sua cortesia antiquada era formal demais para o tempo em que vivia. Trajava de bom preto, e havia qual-

quer coisa vagamente evocadora do romano no comprimento das abas do seu fraque. Os colarinhos que usava eram "pegados" (os camiseiros é que têm culpa da palavra); a gravata, que lhes sobrepunha, uma tira estreita e funérea, atada com o mesmo laço que os atacadores das suas botas. Seu cabelo branco era um pouco comprido demais, mas estava sempre arrumado. Tinha a cara toda rapada, como os estadistas de outrora. A maioria da gente achava a sua expressão um pouco dura, mas, quando despida da atitude oficial, alguns tinham encontrado um semblante inteiramente diferente. Especialmente terno e suave o acharam aqueles que estiveram junto dele quando foi da doença final da sua única filha.

Havia anos que o comissário era viúvo, e a sua vida, fora dos seus deveres oficiais, tinha sido tão dedicada à sua pequenina Georgia, que se falava dessa vida como de uma coisa tocante e admirável. Ele era um homem reservado, de uma dignidade quase dura, mas a criança tinha atravessado isso tudo e ido direito ao seu coração, de modo que quase não sentia a falta do amor materno que perdera. Havia entre pai e filha uma camaradagem enorme, pois ela tinha bastante do feitio dele, sendo séria e pensativa para além do que a sua idade faria esperar.

Um dia, estando ela de cama, com uma febre alta a arder-lhe nas faces coradas, disse de repente:

"Papá, eu queria fazer qualquer coisa de bom para uma grande quantidade de crianças!"

"O que é que querias fazer-lhes, amor?", perguntou o comissário. "Dar-lhes uma festa?"

"Não, não é essa espécie de crianças. Eu quero dizer as crianças pobres, que não têm casa, e que não têm ninguém para gostar delas e tratar delas como eu tenho. Olhe, papá!"

"O quê, amorzinho?"

"Se eu não melhorar, paizinho, eu deixo o paizinho a elas — não o *dou*, mas empresto-o, porque o paizinho tem que vir ter com a mamã e comigo quando morrer também. Se tiver tempo, o paizinho faz qualquer coisa para bem delas, se eu lhe pedir, não faz?"

"Sossega, filhinha, sossega", disse o comissário, pondo a mão dela, que escaldava, contra a própria face; "tu estás melhor daqui a pouco, e depois nós dois veremos o que podemos fazer juntos para bem delas".

Mas, quaisquer que fossem os caminhos de benevolência, assim vagamente premeditados, que o comissário pudesse trilhar, não haveria de ser neles acompanhado pela filha. Naquela mesma noite o pobre corpinho já não pôde resistir mais, e deu-se a saída de Georgia daquele grande palco onde mal tinha começado a dizer a sua pequena fala. Deve, porém, haver um diretor de cena que compreende. E ela tinha dado a deixa a quem haveria de falar a seguir.

Uma semana depois de ela ter desaparecido, o comissário reapareceu na repartição, um pouco mais cortês, um pouco mais pálido e austero, com o eterno fraque preto pendendo um pouco mais solto do seu corpo muito alto.

A sua secretária estava apinhada de trabalho que se havia acumulado durante as quatro terríveis semanas da sua ausência. O adjunto tinha feito o que pudera, mas havia questões de direito, de decisões sutis a dar sobre a concessão de patentes, sobre a venda e aluguel de terras, sobre a divisão de novas terras, a conceder a colonos, em agrícolas e de pastagem, em regadas e florestais.

O comissário entregou-se ao trabalho silenciosa e obstinadamente, recalcando o mais possível a sua dor, forçando seu espírito a prender-se no expediente complexo e importante da sua repartição. No segundo dia

depois do seu regresso chamou o contínuo, apontou para uma cadeira de couro que estava ao pé da sua e mandou que a levasse para um quarto de arrumações que havia no sótão do edifício. Era naquela cadeira que Georgia sempre se sentava nas tardes em que vinha à repartição para sair com ele.

À medida que o tempo passava, o comissário parecia tornar-se mais silencioso, mais solitário, mais reservado. Desenvolveu-se nele uma nova fase de espírito. Não podia suportar a presença de uma criança. Muitas vezes, quando, a barulhar, o filhinho de qualquer dos amanuenses entrava chilreando na sala grande ao lado do seu gabinete, o comissário, erguendo-se sem ruído, ia e fechava a porta. Atravessava sempre a rua para não passar pelas crianças que vinham pelo passeio, em ranchos felizes, à saída dos colégios; e a sua boca firme fechava-se numa linha sem lábios.

Eram quase três meses depois que as chuvas tinham arrastado as últimas pétalas de sobre a pedra que cobria a pequenina Georgia, quando a firma Hamlin e Avery, "tubarões de terras", entregou o requerimento sobre o que lhe parecia a vaga mais "gorda" do ano.

Não se deve supor que todos aqueles a quem se chamava "tubarões de terras" merecessem realmente o nome. Muitos eram homens sérios, de boa reputação comercial. Alguns havia que podiam entrar nos concílios mais augustos do estado e dizer: "Meus senhores, queremos isto e aquilo, e as coisas têm que ir desta e daquela maneira". Mas, depois de uma seca de três anos e uma epidemia nos semeados, o tubarão de terras era o que o colono real mais temia. O tubarão de terras pairava na Repartição das Terras, onde se guardam os registos de todas elas, e espiolhava "vagas", isto é, extensões de terrenos públicos inapropriados, invisíveis em geral nos

mapas, mas na realidade existentes. A lei dava o direito a quem quer que possuísse já certos títulos de posse a requerer a posse de quaisquer terras que ainda não estivessem legalmente apropriadas. A maioria dos títulos estava já nas mãos dos tubarões de terras. Assim, com o dispêndio de poucas centenas de dólares, eles muitas vezes obtinham terras que valiam, pelo menos, outros tantos milhares. Como é de supor, era constante e tenaz o espiolhamento das "vagas".

Mas muitas vezes, muitíssimas, as terras que assim obtinham, ainda que legalmente "inapropriadas", estavam ocupadas por colonos felizes e tranquilos, que levavam anos de trabalho a construir ali os seus lares, apenas para descobrir, no fim, que a sua posse era ilegal, e receber mandado de saída imediata. Assim se formou o ódio amargo, e não de todo injustificável, que os pobres colonos trabalhadores sentiam para com os especuladores espertos, e muito poucas vezes misericordiosos, que frequentemente lhes arrancavam, de um dia para o outro, deixando-os sem lar e sem pão, os frutos inúteis do seu trabalho porfiado. A história do estado está cheia deste antagonismo. O tubarão de terras raras vezes mostrava a cara nas "locações" de onde teria que despejar as pobres vítimas de um sistema territorial monstruosamente embrulhado; deixava que os seus emissários tratassem disso. Havia em todas as cabanas chumbo em balas para ele; muitos dos seus pares tinham enriquecido a erva com o seu sangue. A culpa vinha de trás.

Quando o estado era jovem, sentia a necessidade de atrair os recém-vindos, e de compensar aqueles primitivos colonos que já estavam adentro de suas fronteiras. Ano após ano se passaram patentes de terras — direitos de posse, concessões, doações de estado, patentes confederais; e passaram-se a companhias de caminho de ferro,

a empresas de irrigação, a colonos em conjunto e isolados, enfim a toda a gente. Tudo que se exigia ao concessionário é que fizesse delimitar as terras, que lhe eram concedidas, pelo agrimensor do distrito ou da paróquia, e a terra assim apropriada tornava-se para sempre sua, e dos seus herdeiros ou legatários.

Nesses dias — e aí é que começou o mal — os domínios do estado eram por assim dizer inesgotáveis, e os antigos agrimensores, com liberalidade principesca, davam boa medida, e cheia a transbordar. Muitas vezes o homem de medidas e mensuras dispensava de todo os apetrechos do cargo. Montado num poldro que cobria pouco mais ou menos uma vara em cada passo, com uma bússola de algibeira para orientar o seu curso, fazia uma delimitação a trote, contando o bater das patas da sua montada, marcava os cantos, e escrevia as suas notas com a complacência produzida por um ato de dever bem cumprido. Às vezes — e quem é que o censuraria? — quando o poldro procurava pasto, talvez fosse levado mais para cima e para longe, e nesse caso o beneficiário da patente apanharia mais mil ou 2 mil acres verificados do que a patente rigorosamente exigia. Mas o estado tinha léguas sobre léguas de que dispor. O caso é que ninguém teve alguma vez que queixar-se de o poldro andar de menos. Quase todo o registo antigo no estado incluía um excesso de terras.

Em anos posteriores, quando o estado se tornara mais populoso, e o valor das terras subira, este trabalho imperfeito produzira inúmeras complicações, processos sem conta, um período de pirataria de terras e não poucas cenas de sangue. Os tubarões de terras caíram vorazmente sobre os excedentes ilegais dos antigos registros, e requeriam a patente de posse dessas extensões por serem domínio público inapropriado. Onde quer que

fossem vagas as identificações das concessões primitivas, e os limites difíceis de estabelecer, a Repartição das Terras reconhecia como válidas as locações modernas, e passava títulos aos novos locadores. Aqui é que se dava o pior mal do sistema. Estes registros antigos, escolhidos do melhor das terras, estavam quase todos ocupados por colonos pacíficos e ingênuos, que viam de repente os seus títulos anulados, e tinham que escolher entre comprar de novo as suas terras a preço dobrado, ou sair delas, com as famílias e os seus parcos bens, imediatamente. Novos locadores de terras surgiam às centenas. O país era esquadrinhado para "vagas" à ponta do compasso. Centenas de milhares de dólares de magníficas terras foram arrancados aos seus compradores e possuidores inocentes. Começou então uma hégira enorme de colonos expulsos, vagueando em carroças de toldos rotos, seguindo para parte nenhuma, rogando pragas à injustiça, sem destino, sem lar, sem esperança. Os filhos começavam a olhar muito para eles, a pedir-lhes pão e a chorar.

Era em virtude destas condições que Hamilton e Avery tinham requerido a posse de uma tira de terra de cerca de 1 milha de largura e 3 de comprimento, compreendendo cerca de 2 mil acres, que era o excesso do complemento do registro Elias Denny, de 3 léguas, sito sobre o rio Chiquito, em um dos distritos médios do ocidente. Diziam eles que estes 2 mil acres de terra eram terra vaga, e que impropriamente se consideravam parte do registo Elias Denny. Baseavam esta alegação e o seu requerimento de posse em que os fatos mostravam que o limite inicial do registro Denny estava bem identificado; que as notas indicavam que depois corria 5.760 varas para oeste, indo depois ter ao rio Chiquito; que daí seguia para o sul, com os meandros, etc. e tal, e que o rio Chiquito era, no próprio terreno, bem 1 milha a oeste do

ponto atingido pelo curso e medição. Em resumo: havia 2 mil acres de terra vaga entre o registro Denny, propriamente dito, e o rio Chiquito.

Num dia tórrido de estio o comissário pediu os documentos relativos a esta nova locação. Trouxeram-lhos, um maço enorme deles que avultava sobre a secretária — notas de campo, declarações, desenhos, depoimentos, provas de campo —, documentos de todas as espécies que a astúcia e o dinheiro de Hamlin e Avery puderam chamar em seu auxílio.

A firma estava apertando o comissário para que desse uma patente da sua locação. Tinham informações particulares de que em breve seria construída uma nova linha de caminho de ferro que não passaria longe dessas terras.

A Repartição Geral das Terras estava quietíssima quando o comissário se estava inteirando daquela documentação toda. No telhado do velho edifício acastelado ouvia-se o movimento e o arrulhar das pombas. Os empregados mandriavam por toda a parte, nem sequer fingindo merecer os seus vencimentos. Cada som, por pequeno que fosse, ecoava oco e alto do chão vazio, de lajedo, das paredes caiadas, do teto com vigas de ferro. O pó de cal, impalpável, perpétuo, que não assentava nunca, branqueava uma tira de sol que atravessava o resguardo roto da janela.

Parecia que Hamlin e Avery não tinham encaminhado mal as coisas. O registro Denny estava mal definido, até para um período em que tudo se definia mal. O seu limite inicial, ou de partida, era idêntico ao de uma concessão espanhola antiga, perfeitamente definida, mas no resto a delimitação era vaga até mais não poder ser. As notas de campo não continham objeto algum que ainda existisse, exceto o rio Chiquito, e aí havia um erro de 1 milha. Segundo o precedente, a repartição poderia com justiça

fazer-lhe o complemento em curso e medida, declarando o resto vago, e não um simples excedente.

O colono primitivo estava inundando a repartição de protestos *in re*. Tendo um faro especial para os tubarões de terras, tinha logo percebido que andavam enviados deles a cheirar os limites do solo que ocupava. Investigou, e soube que o espoliador tinha atacado o seu lar; e então deixou o arado onde estava e lançou mão da pena.

Um dos protestos leu o comissário duas vezes. Era de uma mulher, de uma viúva, neta do próprio Elias Denny. Contava ela que seu avô tinha vendido a maioria do registro, havia anos, a um preço irrisório — terra que hoje era um principado em extensão e valia. A sua mãe tinha também vendido uma parte, e ela mesma tinha herdado esta porção a oeste, pelo rio Chiquito fora. Parte disto ela tinha tido que vender, para viver, e agora não era dona senão de uns 300 acres, onde tinha a sua casa. A carta acabava de um modo um tanto triste:

"Tenho oito filhos, o mais velho de 15 anos. Trabalho todo o dia e metade da noite para cultivar a pouca terra que tenho e para poder comprar roupas e livros para os meus filhos. Também sou eu que ensino a ler a eles. Os meus vizinhos são todos pobres e também têm muita família. A seca dá cabo de tudo de dois em dois, ou de três em três anos, e então a gente mal sabe como há de comer. Há dez famílias aqui nestas terras que os tubarões querem roubar-nos, e todas elas têm os títulos porque eu lhos passei. Vendi-os baratos e ainda não estão todos pagos, mas parte está, e se lhes tiram as terras eu morro. O meu avô era um homem de bem, e ajudou a fazer este estado, e ensinou os filhos a serem honrados, e então como é que eu havia de ficar para a gente que me comprou a mim? Senhor comissário, se o sr. deixa aqueles tubarões tirarem a casa aos meus filhos e aos outros

o pouco que eles têm para viver, então quem chamar grande a este estado ou ao seu governo não faz mais do que mentir com quantos dentes tem na boca."

O comissário pôs de parte esta carta com um suspiro. Muitas e muitas cartas assim tinha ele recebido. Nunca o haviam ferido, nem alguma vez sentira que lhe eram dirigidas pessoalmente. Não era ele senão o servidor do estado; tinha que guiar-se por suas leis. Mas esta consideração, contudo, nem sempre, sem que soubesse por quê, conseguia eliminar um certo sentimento de responsabilidade que sobre ele pesava. De todos os funcionários do estado era ele o supremo na sua repartição, sem excluir o governador. Seguia, é certo, as linhas gerais das leis sobre as terras; mas tinha uma grande latitude nas decisões sobre casos particulares. Aí, mais que às leis, seguia as decisões — as decisões e os precedentes da repartição. Nas questões novas e complexas, que surgiam pelo desenvolvimento do estado, raras vezes alguém apelava da decisão do comissário. Até os tribunais as sustentavam quando elas eram absolutamente justas.

O comissário foi até à porta e dirigiu-se a um dos empregados que estava na sala do lado — dirigiu-se-lhe, como sempre, como se falasse com um príncipe de sangue:

"Sr. Weldon, quererá fazer-me o favor de pedir ao sr. Ashe, o avaliador das terras, para vir aqui falar comigo logo que lhe seja possível?"

Ashe veio depressa da mesa grande onde estava coligindo os seus relatórios.

"Sr. Ashe", disse o comissário, "o sr. trabalhou, não é verdade?, pelo rio Chiquito fora, no distrito de Salado, na sua última volta. Tem alguma ideia do registro de 3 léguas chamado Elias Denny?".

"Conheço perfeitamente", respondeu o agrimensor brusco e afável. "Atravessei-o até quando ia ver o talhão

H, que é para o norte dele. A estrada vai ao lado do rio Chiquito, pelo vale fora. O registo Denny tem uma frente de 3 milhas para o Chiquito."

"Alega-se", continuou o comissário, "que chega só até 1 milha do rio".

O avaliador encolheu os ombros. Era por nascimento e instinto um colono real, e portanto inimigo nato do tubarão de terras.

"Sempre se supôs que ia até ao rio", disse secamente.

"Mas não é esse o ponto que desejo discutir", disse o comissário. "Que espécie de terras é que são essas do vale que formam parte, vá, do Denny?"

O espírito do colono real brilhou nos olhos de Ashe, e em todo o seu rosto.

"Lindas", disse com entusiasmo. "Um vale tão igual como este chão, só com uma pequena ondulação, assim como o mar, e rico a mais não poder ser. Só o mato bastante para abrigar o gado de inverno. Terra preta, muito boa, até 6 pés; depois calcário. Rega-se bem. Há lá uma dúzia de casitas engraçadas, com moinhos e quintais. A gente é pobrezita, creio eu — está longe do mercado — mas parece não se dar mal. Nunca vi tanto miúdo na minha vida."

"O quê? Gado miúdo?", perguntou o comissário.

"Não, não", riu o agrimensor. "Quero dizer miúdos de dois pés; de dois pés, e pernas nuas, e cabelo louro."

"Ah, crianças! Sim, crianças!", meditou o comissário, como se tivesse de repente uma nova visão das coisas. "Há lá muitas crianças."

"É um lugar isolado, sr. comissário", disse o agrimensor. "Só têm isso para se entreter."

"E suponho eu", continuou o comissário, devagar, como alguém que tira cuidadosamente conclusões de qualquer teoria nova e estupenda, "que nem todas

serão louras. Não será absurdo, sr. Ashe, creio eu, supor que há algumas delas que tenham cabelo castanho, ou até preto".

"Claro: castanho e preto", disse Ashe. "Há de tudo: ruivo também."

"Sem dúvida", disse o comissário. "Bem, muito lhe agradeço as suas informações, sr. Ashe. Não lhe tirarei mais tempo."

Mais tarde, já muito tarde, apareceram Hamlin e Avery, homens bem-parecidos, amáveis, lentos de movimentos, vestidos de cotim branco e com sapatos baixos. Deixavam por toda a repartição uma atmosfera de prosperidade afável. Ao atravessar por entre os empregados ficava um rasto de saudações amigas e de charutos dados.

Eram a aristocracia dos tubarões de terras, que se dedicava só a grandes negócios. Cheios de confiança serena em si mesmos, não havia corporação, sindicato, companhia ou procurador-geral que fosse grande demais para os afrontar. O fumo especial dos seus grandes charutos raros pairava nos gabinetes de todas as repartições do estado, em todas as salas de comissões do Congresso, em todos os gabinetes de gerência dos bancos e em todas as salas de combinação política da capital do estado. Sempre afáveis, sempre sem pressa, parecendo sempre dispor de tempo infinito, admirava-se a gente de quando é que eles davam atenção às muitas grandes empresas em que se sabia que estavam metidos.

Daí a pouco entraram os dois vagarosamente, e como por acaso, no gabinete do comissário, e repousadamente se encostaram nas grandes poltronas de couro. Numa voz arrastada, queixaram-se do tempo que fazia, e Hamlin contou ao comissário um caso magnífico que aquela manhã tinha ouvido ao secretário de Estado.

Mas o comissário sabia por que é que eles ali estavam. Tinha quase prometido dar nesse dia a decisão relativa ao requerimento deles.

O adjunto trouxe um maço de certidões em duplicado, para o comissário assinar. Ao traçar a assinatura larga, "Hollis Summerfield, Comm. Rep. Geral das Terras", em cada exemplar, o adjunto, de pé, retirava-o com jeito e passava o mata-borrão.

"Reparo", disse o adjunto, "que o sr. tem estado a examinar aquele caso do distrito de Salado. O Kampfer está acabando um mapa novo de Salado, e parece-me que está agora mesmo fazendo essa parte do distrito".

"Vou ver", disse o comissário. E daí a uns momentos dirigiu-se para a sala dos desenhadores.

Ao entrar viu cinco ou seis desenhadores agrupados em torno da secretária do Kampfer, gargarejando uns para os outros em alemão gutural, e olhando para qualquer coisa que estava em cima da mesa. Ao ver chegar o comissário, espalharam-se para os seus lugares. Kampfer, um alemão pequenino e mirrado, de cabelo louro quase frisado e olhar líquido, começou a balbuciar qualquer espécie de desculpa, relativa, supôs o comissário, à congregação dos seus colegas em torno da secretária.

"Não faz mal", disse o comissário. "Quero ver o mapa que o senhor está fazendo"; e, dando a volta ao velhote, sentou-se no banco alto de desenho. Kampfer continuou a escangalhar inglês num esforço de explicação.

"Herr Comissário, asseguro pastante que não foi de brobósito, que belas notas tinha que sair assim. Faz fafor de fer. Das notas do gampo estafa assim, faz fafor de fer: sul, 10 graus oeste, 1.050 faras; sul, 10 graus leste, 300 faras; sul, 100; sul, 9 oeste, 200; sul, 40 graus oeste, 400 — e assim bor teante... Sr. comissário, nunca eu me lempraria..."

O comissário ergueu em silêncio uma mão muito branca. Kampfer deixou cair o cachimbo e fugiu.

Com uma mão em cada face e os cotovelos sobre a mesa, o comissário ficou fitando o mapa que ali estava aberto e preso, ficou fitando o perfil suave e nítido da pequenina Georgia ali perfeitamente delineado — o seu rosto sério, delicado e infantil, ali exposto num contorno exatíssimo.

Quando, por fim, aplicou seu espírito ao exame de como isso teria acontecido, viu que fora, como Kampfer dissera, feito sem propósito. O velho desenhador estivera traçando o registo Elias Denny, e o retrato de Georgia, apesar da grande parecença, era formado apenas pelos meandros do rio Chiquito. De resto, o livro de esboços do Kampfer, onde o trabalho preliminar estava feito, mostrava bem o cuidado com que tinha seguido as notas, os sinais claros das pontas do compasso com que medira. Depois, sobre o traço leve, a lápis, que resultara desse estudo, o Kampfer tinha traçado a tinta da China, com pena cheia e firme, a semelhança do rio Chiquito, e então desabrochara de repente, misteriosamente, o perfil suave e triste da criança.

Durante meia hora o comissário esteve sentado ali, com o rosto entre as mãos, fitando, fitando, e ninguém ousou aproximar-se dele. Depois levantou-se e saiu da sala. Na sala de fora demorou-se só o tempo bastante para pedir que lhe trouxessem ao gabinete o processo do registo Denny.

Encontrou Hamlin e Avery ainda reclinados nas poltronas, aparentemente esquecidos de negócios. Estavam discutindo, numa conversa indolente, a ópera de verão, pois era seu hábito — e talvez seu orgulho — parecerem sobrenaturalmente indiferentes sempre que tinham em risco grandes interesses. E neste caso

tinham mais a ganhar que muita gente poderia supor. Tinham informações confidenciais de que, dentro de um ano, uma nova linha férrea cortaria este mesmo vale do Chiquito, produzindo uma alta imediata nos valores das terras por onde passasse. Menos que 30 mil dólares de lucro nesta locação — um só dólar a menos —, se conseguissem obtê-la, seria uma desilusão para eles. Por isso, enquanto conversavam de assuntos sem importância, e esperavam que o comissário se manifestasse, havia em seus olhos um brilho rápido, oblíquo, um desejo de ver claro o seu título àquelas boas terras sobre o Chiquito.

Um dos empregados trouxe o processo. O comissário sentou-se, e escreveu nele qualquer coisa em tinta encarnada. Depois ergueu-se, e ficou de pé, hirto, olhando para fora, pela janela. A Repartição das Terras estava no cimo de uma colina alta. Os olhos do comissário passaram por sobre os telhados de muitas casas, engastados no verde-escuro dos arvoredos, cortado tudo por tiras de ruas de um branco que feria a vista. O horizonte, onde parou seu olhar, subia a um alto arborizado, sarapintado de pontos de branco brilhante. Era o cemitério, onde estavam muitos já de todo esquecidos, e alguns cuja vida não fora vã. E ali jazia alguém, ocupando muito pouco espaço, cujo coração de criança tinha sido grande bastante para desejar, quando ia deixar de bater, o bem dos outros. Os lábios do comissário mexeram-se ao de leve, e murmurou para si: "Foi o seu último desejo, o seu testamento, e eu tanto me tenho esquecido!".

Os charutos grandes e escuros de Hamlin e Avery estavam já apagados, mas eles ainda os conservavam entre os dentes, apertadíssimos, enquanto pasmavam da expressão abstrata no rosto do comissário.

De repente este falou.

"Meus senhores, acabo de endossar para patente o registo Elias Denny. Esta repartição indefere o vosso requerimento, e não considera legítima a vossa posse." Parou um momento, e depois, estendendo a mão como o faziam os bons oradores dos velhos tempos, anunciou o espírito daquela decisão que havia de jugular para sempre os tubarões de terras e pôr o selo da paz e da segurança sobre as portas de 10 mil lares.

"Esta repartição faz mais", continuou, com uma expressão luminosa a pairar-lhe na face. "De hoje em diante esta repartição decidirá que, quando um registro de terras feito sobre certidão passada por este estado aos homens que primeiro as ocuparam e cultivaram e as defenderam das tribos selvagens — feito de boa-fé, aceite de boa-fé, e transmitido de boa-fé aos seus filhos e a compradores inocentes —, quando esse registro, ainda que exceda o seu complemento exato, tenda para um limite natural visível aos olhos dos homens, até esse limite se terá por feito, e até esse limite será firme e válido. E os pequeninos deste estado poderão deitar-se de noite sossegados, e sossegados dormir, sem que a sombra dos usurpadores de títulos possa perturbar o seu sono. Porque", concluiu o comissário, "deles é o Reino dos Céus".

No silêncio, que se seguiu, uma gargalhada subiu da sala das patentes, lá embaixo. O homem que levara o processo Denny estava mostrando a última folha a todos os empregados.

"Vejam vocês", dizia ele a rir, "o chefe já não sabe o seu nome. Olhem o que ele escreveu: "Passe-se a patente ao concessionário original"; e depois assinou "Georgia Summerfield, Comm.".

O discurso do comissário pouca mossa fez a Hamlin e Avery. Sorriram, levantaram-se sem deselegância,

falaram de coisas de menos monta, e acabaram por afirmar com afinco que já corria algum ar. Acenderam novos charutos, e, despedindo-se afavelmente, desapareceram. Mas mais tarde, apelando, deram novo salto de tigre nos tribunais. Estes, porém, segundo um relato jornalístico, "assaram-nos no espeto", e sustentaram a decisão do comissário.

E esta decisão se tornou um precedente, e o colono real pô-la numa moldura e ensinou os filhos a lê-la, e passou a haver sono tranquilo, de noite, em todos os lares, dos pinheirais às árvores do sul e do chaparral até ao rio grande que passa no norte.

Mas creio, e estou certo de que o comissário outra coisa não cria, que, quer o Kampfer fosse um instrumento esquisito e mirrado do Destino, quer os meandros do Chiquito por acaso ou não formassem aquele perfil suave e memorável, realmente resultou "qualquer coisa de bom para uma grande quantidade de crianças", e esse resultado deve chamar-se "a Decisão de Georgia".

Drama estático

O marinheiro: drama estático em um quadro

A Carlos Franco

Um quarto que é sem dúvida num castelo antigo. Do quarto vê-se que é circular. Ao centro ergue-se, sobre uma essa, um caixão com uma donzela, de branco. Quatro tochas aos cantos. À direita, quase em frente a quem imagina o quarto, há uma única janela, alta e estreita, dando para onde só se vê, entre dois montes longínquos, um pequeno espaço de mar.

Do lado da janela velam três donzelas. A primeira está sentada em frente à janela, de costas contra a tocha de cima da direita. As outras duas estão sentadas uma de cada lado da janela.

É noite e há como que um resto vago de luar.

*

PRIMEIRA VELADORA — Ainda não deu hora nenhuma.
SEGUNDA — Não se pode ouvir. Não há relógio aqui perto. Dentro em pouco deve ser dia.
TERCEIRA — Não: o horizonte é negro.
PRIMEIRA — Não desejais, minha irmã, que nos entretenhamos contando o que fomos? É belo e é sempre falso...

SEGUNDA — Não, não falemos nisso. De resto, fomos nós alguma coisa?

PRIMEIRA — Talvez. Eu não sei. Mas, ainda assim, sempre é belo falar do passado... As horas têm caído e nós temos guardado silêncio. Por mim, tenho estado a olhar para a chama daquela vela. Às vezes treme, outras torna-se mais amarela, outras vezes empalidece. Eu não sei por que é que isso se dá. Mas sabemos nós, minhas irmãs, por que se dá qualquer coisa?...

(*uma pausa*)

A MESMA — Falar do passado — isso deve ser belo, porque é inútil e faz tanta pena...

SEGUNDA — Falemos, se quiserdes, de um passado que não tivéssemos tido.

TERCEIRA — Não. Talvez o tivéssemos tido...

PRIMEIRA — Não dizeis senão palavras. É tão triste falar! É um modo tão falso de nos esquecermos!... Se passeássemos?...

TERCEIRA — Onde?

PRIMEIRA — Aqui, de um lado para o outro. Às vezes isso vai buscar sonhos.

TERCEIRA — De quê?

PRIMEIRA — Não sei. Por que o havia eu de saber?

(*uma pausa*)

SEGUNDA — Todo este país é muito triste... Aquele onde eu vivi outrora era menos triste. Ao entardecer eu fiava, sentada à minha janela. A janela dava para o mar e às vezes havia uma ilha ao longe... Muitas vezes eu não fiava; olhava para o mar e esquecia-me de

viver. Não sei se era feliz. Já não tornarei a ser aquilo que talvez eu nunca fosse...

PRIMEIRA — Fora daqui, nunca vi o mar. Ali, daquela janela, que é a única de onde o mar se vê, vê-se tão pouco!... O mar de outras terras é belo?

SEGUNDA — Só o mar das outras terras é que é belo. Aquele que nós vemos dá-nos sempre saudades daquele que não veremos nunca...

(*uma pausa*)

PRIMEIRA — Não dizíamos nós que íamos contar o nosso passado?

SEGUNDA — Não, não dizíamos.

TERCEIRA — Por que não haverá relógio neste quarto?

SEGUNDA — Não sei... Mas assim, sem o relógio, tudo é mais afastado e misterioso. A noite pertence mais a si própria... Quem sabe se nós poderíamos falar assim se soubéssemos a hora que é?

PRIMEIRA — Minha irmã, em mim tudo é triste. Passo dezembros na alma... Estou procurando não olhar para a janela... Sei que de lá se veem, ao longe, montes... Eu fui feliz para além de montes, outrora... Eu era pequenina. Colhia flores todo o dia e antes de adormecer pedia que não mas tirassem... Não sei o que isto tem de irreparável que me dá vontade de chorar... Foi longe daqui que isto pôde ser... Quando virá o dia?...

TERCEIRA — Que importa? Ele vem sempre da mesma maneira... sempre, sempre, sempre...

(*uma pausa*)

SEGUNDA — Contemos contos umas às outras... Eu não sei contos nenhuns, mas isso não faz mal... Só viver é

que faz mal... Não rocemos pela vida nem a orla das nossas vestes... Não, não vos levanteis. Isso seria um gesto, e cada gesto interrompe um sonho... Neste momento eu não tinha sonho nenhum, mas é-me suave pensar que o podia estar tendo... Mas o passado — por que não falamos nós dele?

PRIMEIRA — Decidimos não o fazer... Breve raiará o dia e arrepender-nos-emos... Com a luz os sonhos adormecem... O passado não é senão um sonho... De resto, nem sei o que não é sonho... Se olho para o presente com muita atenção, parece-me que ele já passou... O que é qualquer coisa? Como é que ela passa? Como é por dentro o modo como ela passa?... Ah, falemos, minhas irmãs, falemos alto, falemos todas juntas... O silêncio começa a tomar corpo, começa a ser coisa... Sinto-o envolver-me como uma névoa... Ah, falai, falai!...

SEGUNDA — Para quê?... Fito-vos a ambas e não vos vejo logo... Parece-me que entre nós se aumentaram abismos... Tenho que cansar a ideia de que vos posso ver para poder chegar a ver-vos... Este ar quente é frio por dentro, naquela parte que toca na alma... Eu devia agora sentir mãos impossíveis passarem-me pelos cabelos... As mãos pelos cabelos — é o gesto com que falam das sereias... (*Cruza as mãos sobre os joelhos. Pausa*) Ainda há pouco, quando eu não pensava em nada, estava pensando no meu passado.

PRIMEIRA — Eu também devia ter estado a pensar no meu...

TERCEIRA — Eu já não sei em que pensava... No passado dos outros talvez..., no passado de gente maravilhosa que nunca existiu... Ao pé da casa de minha mãe corria um riacho... Por que é que correria, e por que é que não correria mais longe, ou mais perto?... Há alguma razão

para qualquer coisa ser o que é? Há para isso qualquer razão verdadeira e real como as minhas mãos?...

SEGUNDA — As mãos não são verdadeiras nem reais... São mistérios que habitam na nossa vida... Às vezes, quando fito as minhas mãos, tenho medo de Deus... Não há vento que mova as chamas das velas, e olhai, elas movem-se... Para onde se inclinam elas?... Que pena se alguém pudesse responder!... Sinto-me desejosa de ouvir músicas bárbaras que devem agora estar tocando em palácios de outros continentes... É sempre longe na minha alma... Talvez porque, quando criança, corri atrás das ondas à beira-mar. Levei a vida pela mão entre rochedos, maré baixa, quando o mar parece ter cruzado as mãos sobre o peito e ter adormecido como uma estátua de anjo para que nunca mais ninguém olhasse...

TERCEIRA — As vossas frases lembram-me a minha alma...

SEGUNDA — É talvez por não serem verdadeiras... Mal sei que as digo... Repito-as seguindo uma voz que não ouço que mas está segredando... Mas eu devo ter vivido realmente à beira-mar... Sempre que uma coisa ondeia, eu amo-a... Há ondas na minha alma... Quando ando embalo-me... Agora eu gostaria de andar... Não o faço porque não vale nunca a pena fazer nada, sobretudo o que se quer fazer... Dos montes é que eu tenho medo... É impossível que eles sejam tão parados e grandes... Devem ter um segredo de pedra que se recusam a saber que têm... Se desta janela, debruçando-me, eu pudesse deixar de ver montes, debruçar-se-ia um momento da minha alma alguém em quem eu me sentisse feliz...

PRIMEIRA — Por mim, amo os montes... Do lado de cá de todos os montes é que a vida é sempre feia... Do

lado de lá, onde mora minha mãe, costumávamos sentarmo-nos à sombra dos tamarindos e falar de ir ver outras terras... Tudo ali era longo e feliz como o canto de duas aves, uma de cada lado do caminho... A floresta não tinha outras clareiras senão os nossos pensamentos... E os nossos sonhos eram de que as árvores projetassem no chão outra calma que não as suas sombras... Foi decerto assim que ali vivemos, eu e não sei se mais alguém... Dizei-me que isto foi verdade para que eu não tenha de chorar...

SEGUNDA — Eu vivi entre rochedos e espreitava o mar... A orla da minha saia era fresca e salgada batendo nas minhas pernas nuas... Eu era pequena e bárbara... Hoje tenho medo de ter sido... O presente parece-me que durmo... Falai-me das fadas. Nunca ouvi falar delas a ninguém... O mar era grande demais para fazer pensar nelas... Na vida aquece ser pequeno... Éreis feliz, minha irmã?

PRIMEIRA — Começo neste momento a tê-lo sido outrora... De resto, tudo aquilo se passou na sombra... As árvores viveram-no mais do que eu... Nunca chegou quem eu mal esperava... E vós, irmã, por que não falais?

TERCEIRA — Tenho horror a daqui a pouco vos ter já dito o que vos vou dizer. As minhas palavras presentes, mal eu as diga, pertencerão logo ao passado, ficarão fora de mim, não sei onde, rígidas e fatais... Falo, e penso nisto na minha garganta, e as minhas palavras parecem-me gente... Tenho um medo maior do que eu. Sinto na minha mão, não sei como, a chave de uma porta desconhecida. E toda eu sou um amuleto ou um sacrário que estivesse com consciência de si próprio. É por isto que me apavora ir, como por uma floresta escura, através do mistério de falar... E, afinal, quem sabe se eu sou assim e se é isto sem dúvida que sinto?...

PRIMEIRA — Custa tanto saber o que se sente quando reparamos em nós!... Mesmo viver sabe a custar tanto quando se dá por isso... Falai, portanto, sem reparardes que existis... Não nos íeis dizer quem éreis?

TERCEIRA — O que eu era outrora já não se lembra de quem sou... Pobre da feliz que eu fui!... Eu vivi entre as sombras dos ramos, e tudo na minha alma é folhas que estremecem. Quando ando ao sol a minha sombra é fresca. Passei a fuga dos meus dias ao lado de fontes, onde eu molhava, quando sonhava de viver, as pontas tranquilas dos meus dedos... Às vezes, à beira dos lagos, debruçava-me e fitava-me... Quando eu sorria, os meus dentes eram misteriosos na água... Tinham um sorriso só deles, independente do meu... Era sempre sem razão que eu sorria... Falai-me da morte, do fim de tudo, para que eu sinta uma razão para recordar...

PRIMEIRA — Não falemos de nada, de nada... Está mais frio, mas por que é que está mais frio? Não há razão para estar mais frio. Não é bem mais frio que está... Para que é que havemos de falar?... É melhor cantar, não sei por quê... O canto, quando a gente canta de noite, é uma pessoa alegre e sem medo que entra de repente no quarto e o aquece a consolar-nos... Eu podia cantar-vos uma canção que cantávamos em casa de meu passado. Por que é que não quereis que vo-la cante?

TERCEIRA — Não vale a pena, minha irmã... Quando alguém canta, eu não posso estar comigo. Tenho que não poder recordar-me. E depois todo o meu passado torna-se outro e eu choro uma vida morta que trago comigo e que não vivi nunca. É sempre tarde demais para cantar, assim como é sempre tarde demais para não cantar...

(*uma pausa*)

PRIMEIRA — Breve será dia... Guardemos silêncio... A vida assim o quer. Ao pé da minha casa natal havia um lago. Eu ia lá e sentava-me à beira dele, sobre um tronco de árvore que caíra quase dentro de água... Sentava-me na ponta e molhava na água os pés, esticando para baixo os dedos. Depois olhava excessivamente para as pontas dos pés, mas não era para as ver. Não sei por quê, mas parece-me deste lago que ele nunca existiu... Lembrar-me dele é como não me poder lembrar de nada... Quem sabe por que é que eu digo isto e se fui eu que vivi o que recordo?...

SEGUNDA — À beira-mar somos tristes quando sonhamos... Não podemos ser o que queremos ser, porque o que queremos ser queremo-lo sempre ter sido no passado... Quando a onda se espalha e a espuma chia, parece que há mil vozes mínimas a falar. A espuma só parece ser fresca a quem a julga uma... Tudo é muito e nós não sabemos nada... Quereis que vos conte o que eu sonhava à beira-mar?

PRIMEIRA — Podeis contá-lo, minha irmã; mas nada em nós tem necessidade de que no-lo conteis... Se é belo, tenho já pena de vir a tê-lo ouvido. E se não é belo, esperai..., contai-o só depois de o alterardes...

SEGUNDA — Vou dizer-vo-lo. Não é inteiramente falso, porque sem dúvida nada é inteiramente falso. Deve ter sido assim... Um dia que eu dei por mim recostada no cimo frio de um rochedo, e que eu tinha esquecido que tinha pai e mãe e que houvera em mim infância e outros dias — nesse dia vi ao longe, como uma coisa que eu só pensasse em ver, a passagem vaga de uma vela... Depois ela cessou... Quando reparei para mim, vi que já tinha esse meu sonho... Não sei onde

ele teve princípio... E nunca tornei a ver outra vela... Nenhuma das velas dos navios que saem aqui de um porto se parece com aquela, mesmo quando é lua e os navios passam longe devagar...

PRIMEIRA — Vejo pela janela um navio ao longe. É talvez aquele que vistes...

SEGUNDA — Não, minha irmã; esse que vedes busca sem dúvida um porto qualquer... Não podia ser que aquele que eu vi buscasse qualquer porto...

PRIMEIRA — Por que é que me respondestes?... Pode ser... Eu não vi navio nenhum pela janela... Desejava ver um e falei-vos dele para não ter pena... Contai-nos agora o que foi que sonhastes à beira-mar...

SEGUNDA — Sonhava de um marinheiro que se houvesse perdido numa ilha longínqua. Nessa ilha havia palmeiras hirtas, poucas, e aves vagas passavam por elas... Não vi se alguma vez pousavam... Desde que, naufragado, se salvara, o marinheiro vivia ali... Como ele não tinha meio de voltar à pátria, e cada vez que se lembrava dela sofria, pôs-se a sonhar uma pátria que nunca tivesse tido: pôs-se a fazer ter sido sua uma outra pátria, uma outra espécie de país, com outras espécies de paisagens, e outra gente, e outro feitio de passarem pelas ruas e de se debruçarem das janelas... Cada hora ele construía em sonho esta falsa pátria, e ele nunca deixava de sonhar, de dia à sombra curta das grandes palmeiras, que se recortava, orlada de bicos, no chão areento e quente; de noite, estendido na praia, de costas, e não reparando nas estrelas.

PRIMEIRA — Não ter havido uma árvore que mosqueasse sobre as minhas mãos estendidas a sombra de um sonho como esse!...

TERCEIRA — Deixai-a falar... Não a interrompais... Ela conhece palavras que as sereias lhe ensinaram...

Adormeço para a poder escutar... Dizei, minha irmã, dizei... Meu coração dói-me de não ter sido vós quando sonháveis à beira-mar...

SEGUNDA — Durante anos e anos, dia a dia, o marinheiro erguia num sonho contínuo a sua nova terra natal... Todos os dias punha uma pedra de sonho nesse edifício impossível... Breve ele ia tendo um país que já tantas vezes havia percorrido. Milhares de horas lembrava-se já de ter passado ao longo de suas costas. Sabia de que cor soíam ser os crepúsculos numa baía do norte, e como era suave entrar, noite alta, e com a alma recostada no murmúrio da água que o navio abria, num grande porto do sul onde ele passara outrora, feliz talvez, das suas mocidades a suposta...

(*uma pausa*)

PRIMEIRA — Minha irmã, por que é que vos calais?

SEGUNDA — Não se deve falar demasiado... A vida espreita-nos sempre... Toda a hora é materna para os sonhos, mas é preciso não o saber... Quando falo demais começo a separar-me de mim e a ouvir-me falar. Isso faz com que me compadeça de mim própria e sinta demasiadamente o coração. Tenho então uma vontade lacrimosa de o ter nos braços para o poder embalar como a um filho... Vede: o horizonte empalideceu... O dia não pode já tardar... Será preciso que eu vos fale ainda mais do meu sonho?

PRIMEIRA — Contai sempre, minha irmã, contai sempre... Não pareis de contar, nem repareis em que dias raiam... O dia nunca raia para quem encosta a cabeça no seio das horas sonhadas... Não torçais as mãos. Isso faz um ruído como o de uma serpente fur-

tiva… Falai-nos muito mais do vosso sonho. Ele é tão verdadeiro que não tem sentido nenhum. Só pensar em ouvir-vos me toca música na alma…

SEGUNDA — Sim, falar-vos-ei mais dele. Mesmo eu preciso de vo-lo contar. À medida que o vou contando, é a mim também que o conto… São três a escutar… (*De repente, olhando para o caixão, e estremecendo*) Três não… Não sei… Não sei quantas…

TERCEIRA — Não faleis assim… Contai depressa, contai outra vez… Não faleis em quantos podem ouvir… Nós nunca sabemos quantas coisas realmente vivem e veem e escutam… Voltai ao vosso sonho… O marinheiro… O que sonhava o marinheiro?…

SEGUNDA (*mais baixo, numa voz muito lenta*) — Ao princípio ele criou as paisagens; depois criou as cidades; criou depois as ruas e as travessas, uma a uma, cinzelando-as na matéria da sua alma — uma a uma as ruas, bairro a bairro, até às muralhas dos cais de onde ele criou depois os portos… Uma a uma as ruas, e a gente que as percorria e que olhava sobre elas das janelas… Passou a conhecer certa gente, como quem a reconhece apenas… Ia-lhes conhecendo as vidas passadas e as conversas, e tudo isto era como quem sonha apenas paisagens e as vai vendo… Depois viajava, recordando, através do país que criara… E assim foi construindo o seu passado… Breve tinha uma outra vida anterior… Tinha já, nessa nova pátria, um lugar onde nascera, os lugares onde passara a juventude, os portos onde embarcara… Ia tendo tido os companheiros da infância e depois os amigos e inimigos da sua idade viril… Tudo era diferente de como ele o tivera — nem o país, nem a gente, nem o seu passado próprio se pareciam com o que haviam sido… Exigis que eu continue?… Causa-me tanta pena falar disto!…

Agora, porque vos falo disto, aprazia-me mais estar-vos falando de outros sonhos...

TERCEIRA — Continuai, ainda que não saibais por quê... Quanto mais vos ouço, mais me não pertenço...

PRIMEIRA — Será bom realmente que continueis? Deve qualquer história ter fim? Em todo o caso falai... Importa tão pouco o que dizemos ou não dizemos... Velamos as horas que passam... O nosso mister é inútil como a Vida...

SEGUNDA — Um dia, que chovera muito, e o horizonte estava mais incerto, o marinheiro cansou-se de sonhar... Quis então recordar a sua pátria verdadeira..., mas viu que não se lembrava de nada, que ela não existia para ele... Meninice de que se lembrasse, era a na sua pátria de sonho; adolescência que recordasse, era aquela que se criara... Toda a sua vida tinha sido a sua vida que sonhara... E ele viu que não podia ser que outra vida tivesse existido... Se ele nem de uma rua, nem de uma figura, nem de um gesto materno se lembrava... E da vida que lhe parecia ter sonhado, tudo era real e tinha sido... Nem sequer podia sonhar outro passado, conceber que tivesse tido outro, como todos, um momento, podem crer... Ó minhas irmãs, minhas irmãs... Há qualquer coisa, que não sei o que é, que vos não disse..., qualquer coisa que explicaria isto tudo... A minha alma esfria-me... Mal sei se tenho estado a falar... Falai-me, gritai-me, para que eu acorde, para que eu saiba que estou aqui ante vós e que há coisas que são apenas sonhos...

PRIMEIRA (*numa voz muito baixa*) — Não sei que vos diga... Não ouso olhar para as coisas... Esse sonho como continua?...

SEGUNDA — Não sei como era o resto... Mal sei como era o resto... Por que é que haverá mais?...

PRIMEIRA — E o que aconteceu depois?
SEGUNDA — Depois? Depois de quê? Depois é alguma coisa?... Veio um dia um barco... Veio um dia um barco... — Sim, sim... só podia ter sido assim... — Veio um dia um barco, e passou por essa ilha, e não estava lá o marinheiro...
TERCEIRA — Talvez tivesse regressado à pátria... Mas a qual?...
PRIMEIRA — Sim, a qual? E o que teriam feito ao marinheiro? Sabê-lo-ia alguém?
SEGUNDA — Por que é que mo perguntais? Há resposta para alguma coisa?

(*uma pausa*)

TERCEIRA — Será absolutamente necessário, mesmo dentro do vosso sonho, que tenha havido esse marinheiro e essa ilha?
SEGUNDA — Não, minha irmã; nada é absolutamente necessário.
PRIMEIRA — Ao menos, como acabou o sonho?
SEGUNDA — Não acabou... Não sei... Nenhum sonho acaba... Sei eu ao certo se o não continuo sonhando, se o não sonho sem o saber, se o sonhá-lo não é esta coisa vaga a que eu chamo a minha vida?... Não me faleis mais... Principio a estar certa de qualquer coisa, que não sei o que é... Avançam para mim, por uma noite que não é esta, os passos de um horror que desconheço... Quem teria eu ido despertar com o sonho meu que vos contei?... Tenho um medo disforme de que Deus tivesse proibido o meu sonho... Ele é sem dúvida mais real do que Deus permite... Não estejais silenciosas... Dizei-me ao menos que a noite vai passando, embora eu o saiba... Vede, começa a ir ser

dia... Vede: vai haver o dia real... Paremos... Não pensemos mais... Não tentemos seguir nesta aventura interior... Quem sabe o que está no fim dela?... Tudo isto, minhas irmãs, passou-se na noite... Não falemos mais disto, nem a nós próprias... É humano e conveniente que tomemos, cada qual, a sua atitude de tristeza.

TERCEIRA — Foi-me tão belo escutar-vos... Não digais que não... Bem sei que não valeu a pena... É por isso que o achei belo... Não foi por isso, mas deixai que eu o diga... De resto, a música da vossa voz, que escutei ainda mais que as vossas palavras, deixa-me, talvez só por ser música, descontente...

SEGUNDA — Tudo deixa descontente, minha irmã... Os homens que pensam cansam-se de tudo, porque tudo muda. Os homens que passam provam-no, porque mudam com tudo... De eterno e belo há apenas o sonho... Por que estamos nós falando ainda?...

PRIMEIRA — Não sei... (*olhando para o caixão, em voz mais baixa*) — Por que é que se morre?

SEGUNDA — Talvez por não se sonhar bastante...

PRIMEIRA — É possível... Não valeria então a pena fecharmo-nos no sonho e esquecer a vida, para que a morte nos esquecesse?...

SEGUNDA — Não, minha irmã: nada vale a pena...

TERCEIRA — Minhas irmãs, é já dia... Vede, a linha dos montes maravilha-se... Por que não choramos nós?... Aquela que finge estar ali era bela, e nova como nós, e sonhava também... Estou certa de que o sonho dela era o mais belo de todos... Ela de que sonharia?...

PRIMEIRA — Falai mais baixo. Ela escuta-nos talvez, e já sabe para que servem os sonhos...

(*uma pausa*)

SEGUNDA — Talvez nada disto seja verdade... Todo este silêncio, e esta morta, e este dia que começa não são talvez senão um sonho... Olhai bem para tudo isto... Parece-vos que pertence à vida?...

PRIMEIRA — Não sei. Não sei como se é da vida... Ah, como vós estais parada! E os vossos olhos tão tristes, parece que o estão inutilmente...

SEGUNDA — Não vale a pena estar triste de outra maneira... Não desejais que nos calemos? É tão estranho estar a viver... Tudo o que acontece é inacreditável, tanto na ilha do marinheiro como neste mundo... Vede, o céu é já verde... O horizonte sorri ouro... Sinto que me ardem os olhos, de eu ter pensado em chorar...

PRIMEIRA — Chorastes, com efeito, minha irmã.

SEGUNDA — Talvez... Não importa... Que frio é este?... O que é isto?... Ah, é agora... é agora!... Dizei-me isto... Dizei-me uma coisa ainda... Por que não será a única coisa real nisto tudo o marinheiro, e nós e tudo isto aqui apenas um sonho dele?...

PRIMEIRA — Não faleis mais, não faleis mais... Isso é tão estranho que deve ser verdade... Não continueis... O que íeis dizer não sei o que é, mas deve ser demais para a alma o poder ouvir... Tenho medo do que não chegastes a dizer... Vede, vede, é dia já... Vede o dia... Fazei tudo por reparardes só no dia, no dia real, ali fora... Vede-o, vede-o... Ele consola... Não penseis, não olheis para o que pensais... Vede-o a vir, o dia... Ele brilha como ouro numa terra de prata. As leves nuvens arredondam-se à medida que se colorem... Se nada existisse, minhas irmãs?... Se tudo fosse, de qualquer modo, absolutamente coisa nenhuma?... Por que olhastes assim?...

(*Não lhe respondem. E ninguém olhara de nenhuma maneira.*)

A MESMA — Que foi isso que dissestes e que me apavorou?... Senti-o tanto que mal vi o que era... Dizei-me o que foi, para que eu, ouvindo-o segunda vez, já não tenha tanto medo como dantes... Não, não... Não digais nada... Não vos pergunto isto para que me respondais, mas para falar apenas, para me não deixar pensar... Tenho medo de me poder lembrar do que foi... Mas foi qualquer coisa de grande e pavoroso como o haver Deus... Devíamos já ter acabado de falar... Há tempo já que a nossa conversa perdeu o sentido... O que há entre nós que nos faz falar prolonga-se demasiadamente... Há mais presenças aqui do que as nossas almas... O dia devia ter já raiado... Deviam já ter acordado... Tarda qualquer coisa... Tarda tudo... O que é que se está dando nas coisas de acordo com o nosso horror?... Ah, não me abandoneis... Falai comigo, falai comigo... Falai ao mesmo tempo que eu para não deixardes sozinha a minha voz... Tenho menos medo à minha voz do que à ideia da minha voz, dentro de mim, se for reparar que estou falando...

TERCEIRA — Que voz é essa com que falais?... É de outra... Vem de uma espécie de longe...

PRIMEIRA — Não sei... Não me lembreis isso... Eu devia estar falando com a voz aguda e tremida do medo... Mas já não sei como é que se fala... Entre mim e a minha voz abriu-se um abismo... Tudo isto, toda esta conversa, e esta noite, e este medo — tudo isto devia ter acabado, devia ter acabado de repente, depois do horror que nos dissestes... Começo a sentir que o esqueço, a isso que dissestes, e que me fez pensar que

eu devia gritar de uma maneira nova para exprimir um horror daqueles...

TERCEIRA (*para a* SEGUNDA) — Minha irmã, não nos devíeis ter contado essa história. Agora estranho-me viva com mais horror. Contáveis e eu tanto me distraía que ouvia o sentido das vossas palavras e o seu som separadamente. E parecia-me que vós, e a vossa voz, e o sentido do que dizíeis eram três entes diferentes, como três criaturas que falam e andam.

SEGUNDA — São realmente três entes diferentes, com vida própria e real. Deus talvez saiba por quê... Ah, mas por que é que falamos? Quem é que nos faz continuar falando? Por que falo eu sem querer falar? Por que é que já não reparamos que é dia?...

PRIMEIRA — Quem pudesse gritar para despertarmos! Estou a ouvir-me a gritar dentro de mim, mas já não sei o caminho da minha vontade para a minha garganta. Sinto uma necessidade feroz de ter medo de que alguém possa bater àquela porta. Por que não bate alguém à porta? Seria impossível e eu tenho necessidade de ter medo disso, de saber de que é que tenho medo... Que estranha que me sinto!... Parece-me já não ter a minha voz... Parte de mim adormeceu e ficou a ver... O meu pavor cresceu mas eu já não sei senti-lo... Já não sei em que parte da alma é que se sente... Puseram ao meu sentimento do meu corpo uma mortalha de chumbo... Para que foi que nos contastes a vossa história?

SEGUNDA — Já não me lembro... Já mal me lembro de que a contei... Parece ter sido já há tanto tempo!... Que sono, que sono absorve o meu modo de olhar para as coisas!... O que é que nós queremos fazer? O que é que nós temos ideia de fazer? — já não sei se é falar ou não falar...

PRIMEIRA — Não falemos mais. Por mim, cansa-me o esforço que fazeis para falar... Dói-me o intervalo que há entre o que pensais e o que dizeis... A minha consciência boia à tona da sonolência apavorada dos meus sentidos pela minha pele... Não sei o que é isto, mas é o que sinto... Preciso dizer frases confusas, um pouco longas, que custem a dizer... Não sentis tudo isto como uma aranha enorme que nos tece de alma a alma uma teia negra que nos prende?

SEGUNDA — Não sinto nada... Sinto as minhas sensações como uma coisa que se não sente... Quem é que eu estou sendo?... Quem é que está falando com a minha voz?... Ah, escutai...

PRIMEIRA e TERCEIRA — Quem foi?

SEGUNDA — Nada. Não ouvi nada... Quis fingir que ouvia para que vós supusésseis que ouvíeis e eu pudesse crer que havia alguma coisa a ouvir... Oh, que horror, que horror íntimo nos desata a voz da alma, e as sensações dos pensamentos, e nos faz falar e sentir e pensar quando tudo em nós pede silêncio e o dia e a inconsciência da vida... Quem é a quinta pessoa neste quarto que estende o braço e nos interrompe sempre que vamos a sentir?

PRIMEIRA — Para que tentar apavorar-me?... Não cabe mais terror dentro de mim... Peso excessivamente ao colo de me sentir. Afundei-me toda no lodo morno do que suponho que sinto. Entra-me por todos os sentidos qualquer coisa que mos pega e mos vela. Pesam as pálpebras a todas as minhas sensações. Prende-se a língua a todos os meus sentimentos. Um sono fundo cola umas às outras as ideias de todos os meus gestos... Por que foi que olhastes assim?...

TERCEIRA (*numa voz muito lenta e apagada*) — Ah, é agora, é agora... Sim, acordou alguém... Há gente

que acorda... Quando entrar alguém tudo isto acabará... Até lá façamos por crer que todo este horror foi um longo sono que fomos dormindo... É dia já... Vai acabar tudo... E de tudo isto fica, minha irmã, que só vós sois feliz, porque acreditais no sonho...
SEGUNDA — Por que é que mo perguntais? Por que eu o disse? Não, não acredito...

*

Um galo canta. A luz, como que subitamente, aumenta. As três veladoras quedam-se silenciosas e sem olharem umas para as outras.

Não muito longe, por uma estrada, um vago carro geme e chia.

11-12/10/1913

Nota à edição

Os textos "Crônica decorativa II" e as seis fábulas que constituem a segunda parte do livro, "Fábulas para as nações jovens", foram todos transcritos, com atualização da ortografia e de alguma pontuação, a partir dos originais datiloscritos ou mistos (datiloscritos e manuscritos) que atualmente integram o Espólio Fernando Pessoa da Biblioteca Nacional de Lisboa.

CRÔNICA DECORATIVA II
Datiloscrito datado de 22/8/1914, sem título, numerado ao cimo da página de 1 a 6, com as cotas 92L-77 e 78.

Os títulos "Crônica decorativa I" e "Crônica decorativa II" advêm do título de publicação da primeira delas em *O Raio*, Lisboa, n. 12, 12 de setembro de 1914. Optou-se pela versão impressa, que difere substancialmente da versão datiloscrita.

Os dois textos apresentam-se separados a meio da folha 4 por um tracejado, sendo o segundo texto inédito. Neste, procedeu-se à correção da citação latina e colocou-se o nome do seu autor no espaço deixado em branco por Fernando Pessoa: "São Tomás de Aquino — *eadem res generatur et conservatur in esse*" (São Tomás de Aquino, *Summa contra gentiles*, Livro 3, cap. 22, § 8).

Na enumeração de poetas persas, entre os nomes de Hafiz e Omar Khayyam (de quem Pessoa traduziu duas *rubayats*) existe um espaço em branco. Por lapso do autor, naturalmente, não consta aí o nome do terceiro poeta persa, Djalal ud Din Rumi, que se acrescentou na presente edição. A título de curiosidade, refira-se que todos esses poetas celebram e enaltecem o vinho nas suas obras.

A VARINA E A LÓGICA
Original misto, com a cota 138A-18. Texto inédito. Sendo a sua estrutura narrativa muito próxima da estrutura de "Fábulas para as nações jovens", não tem, do autor, essa indicação; e, em vez de "Moralidade", conforme todos os outros textos integrantes daquele conjunto, este texto apresenta a palavra "Moral". Por essa razão optou-se pela sua inserção a fechar a primeira parte do livro *Contos completos, fábulas & crônicas decorativas*.

A seguir a "Não quer dizer nada", há um acrescento subposto, "mas soa a muito", datilografado e posteriormente riscado a caneta por Fernando Pessoa. "Moral: Confundir é vencer" apresenta uma variante manuscrita sobreposta, pela qual se não optou: "Moral: Transtornar é vencer".

FÁBULAS PARA AS NAÇÕES JOVENS
Título que encabeça cinco dos seis textos que compõem este conjunto. Optou-se por colocar sempre em itálico a palavra "Moralidade".

O SEGREDO DE ROMA
Original misto, com a cota 92L-86. A seguir a "ao fim do campo de", o original apresenta-se com um tracejado, após o qual se inseriu uma vírgula.

O SARAIVA *ou* **O SARAIVA E AS MENINAS**
Original misto, com a cota 92L-87. Título da responsabilidade do organizador, a partir do título original "O Saraiva", e o provável subtítulo, ou variante do título, entre parênteses, inscrito por sobre o título, à sua direita: "(O Saraiva e as meninas)".

O final da "Moralidade" surge separado por um tracejado, noutra folha, a seguir ao texto "Eu, o doutor".

"Na dúvida, mais vale ser Saraiva" tem uma variante manuscrita, pela qual se optou: "Coisa por cousa, mais vale ser Saraiva".

EU, O DOUTOR
Original datiloscrito, com a cota 92L-88, datado ao canto superior direito: 31/1/1932. O original apresenta duas variantes entre parênteses: 1) "'Não sou doutor', disse-lhe, e era (a) verdade", tendo-se optado por "'Não sou doutor', disse-lhe, e era a verdade"; 2) "'Boa tarde', disse eu a (para) ambos", tendo-se optado por "'Boa tarde', disse eu para ambos".

O BURRO E AS DUAS MARGENS
Original misto, com a cota 92L-93. É o único dos textos que não tem a encabeçá-lo a indicação de "Fábulas para as nações jovens", conjunto ao qual naturalmente pertence.

Os dois últimos parágrafos apresentam o sinal que Pessoa utilizava para significar redação provisória: um parêntese reto ou curvo com um traço horizontal a meio. Manuscrita, aparece uma variante para a "Moralidade":

"Cuidado com o avesso. / Cuidado com os tecidos políticos que se podem virar do avesso."

Por baixo, entre parênteses: "(todos fazem a nossa figura do avesso)".

O SOARES E O PEREIRA
Original misto, sem título, com a cota 95-12, encabeçado por uma citação latina, por a mesma não caber ao fundo da folha onde começou por ser escrita, e que é o inverso do adágio *Si vis pacem, para bellum* (Se queres a paz, prepara-te para a guerra).

Título da responsabilidade do organizador.

"[...] verem-se era discordarem" tem sobreposta a variante "encontrarem-se era discordarem", por que se optou; "a qualquer amigo" tem a variante sobreposta "a um amigo", que se preferiu; "mas olhasse para o orador" apresenta uma palavra manuscrita entre "mas" e "olhasse" de difícil leitura; "atenção despreocupada e triste" tem a variante sobreposta "atenção despreocupada e vaga", por que se optou; "Seguiu a cena" apresenta duas variantes: "de parte a parte" e, sobreposta, "de calado a pasmo", pela qual se optou.

O CRISTÃO E O CATÓLICO
Original misto. Texto inédito. Reproduzido em fac-símile no catálogo *The Fernando Pessoa Auction. Handwritten and typewritten manuscripts, books, art and literary magazines, photographs and other personal items from his estate*, Lisboa, P4 Live Auctions, November 13[th], 2008. Este texto integra hoje o Espólio Fernando Pessoa da Biblioteca Nacional de Lisboa.

Título da responsabilidade do organizador.

Sobre o datiloscrito original aparecem várias rasuras e variantes sobrepostas e subpostas, definitivas e manuscritas pelo punho do autor, tal como a "Moralidade", cuja leitura hipotética é a leitura aqui apresentada.

Z. C. G.

Origem dos textos

CONTOS COMPLETOS & CRÔNICAS DECORATIVAS
"Crônica decorativa I". *O Raio*, Lisboa, n. 12, 12/9/1914.
Crônica decorativa II. Texto inédito. Cota BNL 92L-77 e 78.
"A rosa de seda (fábula)". *O Jornal*, Lisboa, n. 1, 4/4/1915.
"O banqueiro anarquista". *Contemporânea*, Lisboa, n. 1, maio de 1922.
"Um grande português *ou* A origem do conto do vigário". *Sol*, Lisboa, ano I, n. 1, 30/10/1926, com o título "Um grande português". Republicado no *Notícias Ilustrado*, Lisboa, 2ª série, 18/8/1929, com o título "A origem do conto do vigário".
"O automóvel ia desaparecendo". Folheto publicitário, s.d. Reproduzido em *Folhas de Poesia*, Lisboa, n. 3, setembro de 1958.
"A varina e a lógica". Texto inédito. Cota BNL 138A-18.

FÁBULAS PARA AS NAÇÕES JOVENS
"O segredo de Roma". Cota BNL 92L-86.
"O Saraiva *ou* O Saraiva e as meninas". Cota BNL 92L-87.
"Eu, o doutor". Cota BNL 92L-88.
"O burro e as duas margens". Cota BNL 92L-93.
"O Soares e o Pereira". Cota BNL 95-12.
"O cristão e o católico". Texto inédito. Reproduzido em fac-símile no catálogo *The Fernando Pessoa Auction. Handwritten and typewritten manuscripts, books, art and literary magazines, photographs and other personal items from his estate*, Lisboa, P4 Live Auctions, November 13th, 2008. Este texto integra hoje o Espólio de Fernando Pessoa da Biblioteca Nacional de Lisboa.

CONTOS SELETOS DE O. HENRY
(traduzidos do original inglês por Fernando Pessoa)
"A teoria e o cão". *Athena*, Lisboa, vol. 1, n. 3, dezembro de 1924.
"Os caminhos que tomamos". *Athena*, Lisboa, vol. 1, n. 3, dezembro de 1924.
"A decisão de Georgia". *Athena*, Lisboa, vol. 1, n. 5, junho de 1925.

DRAMA ESTÁTICO
"O marinheiro: drama estático em um quadro". *Orpheu*, n. 1, Lisboa, janeiro-fevereiro-março de 1915.

REVISÃO Márcio Ferrari e Ricardo Jensen de Oliveira
PROJETO GRÁFICO Bloco Gráfico

Editorial
DIRETOR EDITORIAL Fabiano Curi
EDITORA-CHEFE Graziella Beting
EDITORA Ana Lima Cecilio
ASSISTENTE EDITORIAL Kaio Cassio
ASSISTENTE DE COORDENAÇÃO EDITORIAL Karina Macedo
EDITORA DE ARTE Laura Lotufo
PRODUTORA GRÁFICA Lilia Góes

Comunicação e imprensa
Clara Dias

Administrativo
Lilian Périgo
Marcela Silveira

Expedição
Nelson Figueiredo

CAR
AMB
AIA

EDITORA CARAMBAIA
Av. São Luís, 86, cj. 182
01046-000 São Paulo SP
contato@carambaia.com.br
www.carambaia.com.br

copyright desta edição © Editora Carambaia, 2018
copyright © Zetho Cunha Gonçalves e Antígona [Lisboa, 2012]

1ª reimpressão, 2020

CIP-BRASIL. CATALOGAÇÃO NA PUBLICAÇÃO
SINDICATO NACIONAL DOS EDITORES DE LIVROS, RJ

P567c
Pessoa, Fernando [1888-1935]
Contos completos, fábulas & crônicas decorativas /
Fernando Pessoa; organização Zetho Cunha Gonçalves.
1. ed., São Paulo: Carambaia, 2018.
160 p.; 21 cm

prefácio
ISBN 978-85-69002-46-8

1. Contos portugueses. I. Gonçalves, Zetho Cunha.
II. Título.

18-52325 CDD: P869.3 CDU: 82-34(469)
Leandra Felix da Cruz – Bibliotecária CRB-7/6135

ilimitada

FONTE
Antwerp

PAPEL
Pólen Soft 80 g/m²

IMPRESSÃO
Ipsis